Q

ROMANO BILENCHI

Die unmöglichen Jahre

Eine Familiengeschichte
aus der Toskana

Aus dem Italienischen von
Karin Fleischanderl

Verlag Klaus Wagenbach   Berlin

Die Erzählungen erschienen im italienischen Original in
Gli anni impossibili
bei Rizzoli Editore, Mailand.

Quartheft 173

5. Tausend April 1992
© 1984 RCS Rizzoli Libri S.p.A., Mailand
© 1990 für die deutsche Übersetzung:
Verlag Klaus Wagenbach, Ahornstraße 4, 1000 Berlin 30
Umschlaggestaltung Rainer Groothuis
Satz aus der Baskerville von Mega-Satz-Service, Berlin
Druck und Bindung durch die Druckerei Wagner, Nördlingen
Printed in Germany. Alle Rechte vorbehalten
ISBN 3 8031 0173 5

Jochen Motsdmann

Inhalt

DIE DÜRRE

Mario Luzi gewidmet

Das Jahr der großen Dürre besiegelte auch die Freundschaft zwischen meinem Großvater und mir.
Seit nunmehr acht Monaten arbeiteten der Großvater und die Großmutter nicht mehr; sie hatten das Hotel aufgegeben, das sie seit ihrer Jugend gepachtet hatten, und wo es ihnen in mühseligen und entbehrungsreichen Jahren gelungen war, sich ein bescheidenes Vermögen zu erwirtschaften. Sie zogen sich in das Haus zurück, das sie an der Via dei Tre Mori gekauft hatten, und in dem nun auch ich mit meiner Mutter und meinem Vater wohnte. Dem Großvater wollte es jedoch nicht gelingen, die Ruhe und das Nichtstun zu genießen, wie es seine Absicht gewesen war, als er sich kurzerhand zu dem schmerzhaften Schritt entschlossen hatte, sein abwechslungsreiches und ausgefülltes, jedoch völlig von den Bedürfnissen und Launen anderer abhängiges Leben aufzugeben und sich in den Ruhestand zurückzuziehen, wo jede Minute ihm gehörte und er sich einzig und allein angenehmen Zeitvertreib und freiwilligen Beschäftigungen widmen würde. Und während die Großmutter ihre Vitalität und Energie, die sie beim ständigen Hin und Her zwischen kesselgroßen Töpfen und Öfen, die den Umfang von Kohlebecken hatten, und im Kleinkrieg mit zehn Stubenmädchen und ganzen Theater- und Varietégruppen gestählt hatte, zuerst geduldig drosselte und dann sparsam einsetzte, sodaß sie wie verjüngt wirkte und das Geheimnis ewigen Lebens gefunden zu haben schien, war der Großvater bereits in den ersten Wochen des Nichtstuns in einen erschreckenden Dämmerzustand verfallen, aus dem heraus er ein immer schwächer und kläglicher werdendes Brüllen von sich gab, wie ein kranker Löwe, der sich nach einem aktiven Leben in riesigen Urwäldern sehnte. Sein Haus, ein jahrelang gehegter Wunsch, der aufgrund eifrigen Sparens in Erfüllung gegangen war, hatte sich an dem Tag, an dem er zum ersten Mal über die Schwelle geschritten war, wie ein Gefängnis hinter ihm geschlossen und drohte ihn zu ersticken. Alle seine Pläne, die er auch in meiner Anwesenheit unzählige Male meinen Eltern und der Großmutter dargelegt hatte, wenn wir ihn am Sonntag im Hotel besuchten, hatten sich in Nichts aufgelöst, sobald wir zum ersten Mal gemeinsam am Tisch unseres neuen Wohnzimmers saßen.

Die Pläne des Großvaters hatten mich begeistert, ich hatte darauf alle meine Hoffnungen für die Zukunft gesetzt. Wir würden Zwischengelasse abreißen, Zimmer verschönern, alte Alkoven mit Messingbetten und Tüllbaldachinen restaurieren, den Garten in einen kleinen Park verwandeln. Allein bei dem Gedanken an die vielen Arbeiten, bei denen ich dabeisein sollte – ich besaß damals eine große Leidenschaft für Schmiede, Tischler, Maurer – wurde mir schwindlig vor Freude. Wenn an jenen Sonntagnachmittagen im Hotel nicht auch meine Großmutter, mein Vater und meine Mutter dabeigewesen wären, ich hätte den Großvater umarmt, so groß waren meine Liebe und meine Dankbarkeit. Außerdem hatte mir immer gefallen, daß er zu allen, selbst zu seinen Angestellten, freundlich war, und daß er sich mit uns Kindern gerne von gleich zu gleich unterhielt.

Hin und wieder nahmen mich meine Eltern auch am Samstag mit ins Hotel, aber dann galt ihr Besuch einzig und allein der Großmutter, denn in den frühen Samstagnachmittagsstunden hatte der Großvater viel zu tun. Aus Angst, ich könnte das Zimmer eines Gasts betreten und Schaden anrichten, verboten sie mir, das kleine Wohnzimmer zu verlassen, in dem sie Kaffee tranken und sich unterhielten; aber später, sobald der Großvater seine Geschäfte erledigt hatte, holte er mich, und obwohl er wußte, daß ich außer meinen Schulkameraden keine Freunde hatte und keines der Kinder auf der Straße kannte, sagte er zur mir: »Endlich bin ich frei. Gehen wir zu deinen Spielgefährten.« Und wir gingen hinaus und unterhielten uns mit allen Kindern, die uns begegneten. Unsere Spaziergänge führten uns immer wieder auf die Via dei Tre Mori. Der Großvater blieb vor dem Haus stehen, das er kaufen wollte, und betrachtete es begeistert, und von mir und dem aufgelesenen Gassenjungen, den wir im Schlepptau hatten, verlangte er, daß wir sein Urteil bestätigten und das Feuer seiner Leidenschaft noch weiter anheizten. Er unterhielt sich mit allen Maurern und Tischlern, die einen Laden oder eine Bude in der Gegend hatten, über Feuermauern und Trennwände, über die Größe der Haustür und die Farbe der Fensterläden, und zu mir sagte er: »Vielleicht kaufe ich das Haus.« Und seine Augen leuchteten vor jugendlichem Wagemut.

Das hohe, schmale Haustor war reparaturbedürftig, die braune Farbe darauf abgeblättert, man mußte es abschmirgeln und danach mit Petroleum und Leinöl polieren. Das weiße Emailschild mit dem schwarzen Schriftzug darauf war eines jener altmodischen, nach außen gewölbten Schildchen, und dem Großvater gefiel es, so wie ihm Tüllbaldachine, Messingbetten und alle Möbel aus dem vorigen Jahrhundert gefielen. Er würde das Schildchen an der Tür lassen und nur den Namen des ehemaligen Besitzers durch den seinen ersetzen, auf den er große Stücke hielt und der gut sichtbar auch unter dem Hotelschild prangte. Die Klingel war aus weißem Porzellan. Der Großvater schickte immer mich oder einen anderen Jungen los, sie auszuprobieren. Sie gab nur einen schwachen Ton von sich, und er würde sie durch eine andere ersetzen, die wie die Klingeln in den Hotelzimmern laut läutete. Die Fenster würde er vergrößern lassen. Ich hörte zu, wie er Pläne schmiedete und wie ihm die Maurer und die Tischler Ratschläge erteilten, und ich versprach mir außergewöhnliche Abenteuer, endlose Vergnügungen von der bevorstehenden Änderung im Leben des Großvaters, von seiner größeren Freiheit, von unserem Zusammenleben in ein- und demselben Haus. Ich sah mich bereits in großen, prächtigen Zimmern oder in einem wunderschönen Garten, wo ich mit meinen Schulkameraden oder mit anderen Jungen, die wir wahllos von der Straße hereinholten, unter der Anleitung des Großvaters spielte. In den Wochen, die vergangen waren, seitdem wir das neue Haus bezogen hatten, hatte der Großvater jedoch bloß ein paar Möbelstücke verrückt und zwei Zimmer neu tapezieren lassen, und nun saß er düster und niedergeschlagen neben dem Backtrog, während ich enttäuscht und betrübt um ihn herumschlich, ohne den Mut zu finden, ihn anzusprechen. Verzeiflung ergriff mich bei dem Gedanken, daß er mir selbst an den Samstag- und Sonntagnachmittagen, in den Stunden erklärter Freundschaft, nichts Konkretes für später, wenn wir in der Via dei Tre Mori wohnen würden, versprochen hatte, und daß ich meinerseits nicht einmal unsere Streifzüge auf der Suche nach Straßenjungen und die Ruhepausen vor dem Haus dazu genutzt hatte, ihn an sein Wort zu binden.

Erst das große Feuer, das wir zu Winterbeginn im Kamin entfachten, ließ den Großvater aus seinem Dämmerzustand aufwachen. Nun saß er in Hemdsärmeln neben dem Backtrog, eine Serviette über der Schulter, was damals bei den Kellnern in allen Restaurants der Stadt üblich war und wie ich es früher bei meinen Besuchen im Hotel auch bei ihm oft gesehen hatte, und er erteilte allen, die in der Küche auftauchten, Befehle, die er mit derartiger Heftigkeit brüllte, daß meine Mutter einmal erschrocken hochfuhr, als sie gerade Kräuter hackte, und sich mit dem Wiegemesser in den Finger schnitt. Der Großvater brüllte, wir sollten wie früher ausgefallenere, abwechslungsreichere und schmackhaftere Speisen zubereiten, und die Mutter und die Großmutter sollten das Haus besser in Ordnung halten. Den darauffolgenden Sommer verbrachte der Großvater mit einem unaufhörlichen Kampf gegen die Fliegen, obwohl es in der Küche nicht mehr so große Mengen Fleisch und Obst gab wie früher im Hotel, und die

Serviette hatte sich von einem unnötigen Zierrat in eine verblüffend effektvolle Waffe verwandelt. Aber sobald die Hitze vorbei war und es keine Fliegen mehr gab, verfiel der Großvater wieder in seinen früheren Zustand, und schlimmer noch, auf die Trägheit folgte eine wahrhaftige Lethargie, als hätte seine robuste Natur ihre letzten Reserven beim Schreien und Herumspringen in der Küche verbraucht. Nach dem Mittagessen färbte sich sein Gesicht rot, und er konnte auf die bohrenden Fragen der Mutter und der Großmutter, die sich Sorgen um seine Gesundheit machten, keine Antwort geben. Eines Tages riefen sie sogar den Arzt, weil sie fürchteten, er hätte einen Schlaganfall erlitten. Die Großmutter sagte, es sei ein Fehler gewesen, das Hotel aufzugeben, denn ein derart kräftiger Mann ginge nicht ungestraft von einem tätigen, bis auf die letzte Minute ausgefüllten Leben zum völligen Nichtstun über. Tatsächlich schien der Großvater nur wenige Stunden am Tag ein normaler Mensch zu sein und sich im Besitz eines Großteils, wenn schon nicht aller seiner früheren Fähigkeiten zu befinden; dies war der Fall, wenn er die Zeitung las oder über den Export von Orangen nach Deutschland oder anderswohin sprach, aber oft wurden seine klaren, ruhigen Reden unterbrochen von wirrem Gestammel, von Plänen, die ihm von einer plötzlichen Laune eingegeben wurden, die keinen Sinn ergaben und die seiner wahren Natur fremd waren. Auch ich machte mir Sorgen, nicht nur um seine Gesundheit, sondern vor allem um seinen Geisteszustand und darüber, wie es mit ihm weitergehen sollte.

In genau jener Zeit, als der bedauernswerte Zustand des Großvaters immer deutlicher zutage trat, stellte ich fest, daß die Meinen, die angesichts des langsamen Verfalls des Großvaters zuerst wirklich besorgt und erschüttert gewesen waren, sich nun in einem Zustand freudiger Erregung befanden, und ich fürchtete, daß sie sich davon nicht würden befreien können, ohne dem Großvater, mir, sich selbst und dem Haus Schaden zuzufügen. Wenn ich an manchen Tagen besonders traurig war, schmerzte und betrübte mich, was ich – auch wenn ich nicht alles verstand – sehen und hören mußte, denn es wurde mir klar, daß die Menschen viel schlechter sind als ich mir je hätte träumen lassen, selbst innerhalb des engen Kreises, den jeder von uns zuletzt anklagen würde. Manchmal, wenn ich den Großvater nicht in meiner Nähe erblickte, fürchtete ich, sie hätten ihn ins Altersheim gesteckt, wo er nun, von allen verlassen und von niemandem umsorgt, sterben mußte. Und die beunruhigenden Anspielungen, die resoluten Gesten der Großmutter, meines Vaters und meiner Mutter ließen bereits deutlich und bedrohlich das zukünftige Verhältnis zwischen ihnen und dem Großvater erkennen. Der

Alptraum, in dessen Fängen ich mich befand, ließ mich einige der schlimmsten Gefühle ahnen, die sich im Herzen der Männer und Frauen einnisten können: Gleichgültigkeit, Lieblosigkeit, Haß, Grausamkeit. Aber einen Plan, wie ihn die Meinen eines Abends aushecken, als sie allein im Wohnzimmer saßen und sich lange unterhielten – an demselben Tisch, an dem sie eben noch mit dem Großvater und mir zu Abend gegessen hatten – und ich sie hinter der Küchentür belauschte, hätte ich mir nicht einmal träumen lassen. Ihre Stimmen waren zwar ruhig und beinahe fröhlich, sie stießen weder Verwünschungen aus wie in den Tagen zuvor, noch sagten sie dem Großvater ein unmittelbar bevorstehendes und nicht abzuwendendes Unglück voraus, aber sie erschienen mir deshalb nicht weniger illoyal und grausam. Anstatt jeden Tag den Arzt zu holen und den Großvater behandeln zu lassen, damit er so schnell wie möglich gesund würde, anstatt ihn zu ermuntern, sich irgendeine neue Beschäftigung zu suchen, damit er sich erholte und wieder zu Kräften käme, würde die Großmutter von nun an unter Aufbietung ihrer ganzen Schlauheit einer alten und erfahrenen Frau – und kräftig unterstützt von meinem Vater und meiner Mutter – alles daransetzen, das Vermögen des Großvaters an sich zu bringen, damit er es nicht durch ein unsicheres Darlehen oder riskante Spekulationen aufs Spiel setzte, deren Verlokkung er sich früher schon kaum hatte entziehen können, und wozu ihn jetzt, wo er sich derart verzweifelt auf der Suche nach irgendeiner Tätigkeit befand, ein genauso unerwarteter wie unsinnger Akt der Rebellion gegen sein augenblickliches Dasein verleiten könnte. Tatsächlich hatte er eines Abends bei Tisch davon gesprochen, sein Vermögen durch ein paar gelungene Transaktionen zu verdoppeln.

Einige Tage nachdem ich das Gespäch zwischen den Meinen von der Küche aus belauscht hatte und meine Großmutter bereits begonnen hatte, ihre Mittel einzusetzen, sprach er aufs neue von seinen Absichten, wobei er die Einzelheiten eines großen Orangenexports ausführlich darlegte. Von nun an wurde meine Großmutter noch wachsamer, und ihre Intrigen, die bisher subtil und vorsichtig gewesen waren, wurden eindeutig und widerwärtig. Kaum erwachte der Großvater aus seiner Lethargie und wollte ein Gespräch über Orangen beginnen, zog sie ihn in ein anderes Zimmer und redete lang auf ihn ein. Oft hörte ich, wie sie auf meine Person anspielte, um ihn umzustimmen: Auf mich, das naheliegendste und hilfloseste Opfer der eventuellen Eskapaden des Großvaters. Er habe von nichts eine Ahnung, sagte die Großmutter, außer davon, wie man ein Hotel führte, also solle er die Finger von den Geschäften lassen. Andere Male wiederum hörte ich, wie die Großmutter zu ihm sagte, er sei nicht gesund, er dürfe sich nicht aufregen, er müsse stets sitzen: Er habe bereits genug gearbeitet in seinem nicht kurzen Leben. Was die Orangen betraf, war ich zwar ihrer Meinung, denn sollte der Großvater diesen Weg einschlagen, würde er sich wahrscheinlich nie wieder an unsere ursprünglichen Pläne erinnern, aber es kränkte mich trotzdem, was ich hörte und sah. Es war mir außerordentlich zuwider, daß meine Großmutter meinen Großvater zu überreden versuchte, indem sie mit meinem jugendlichen Alter argumentierte, auf das er Rücksicht nehmen sollte, und ich ertrug es nicht, daß der Großvater unter dem Vorwand der Gesundheit immer wieder zum Nichtstun verdammt wurde, das ihm doch sehr schadete und das seinen schweren und kräftigen Körper auch tatsächlich gefährdete. Warum versuchten wir nicht mit vereinten Kräften, ihm die alten Ideen in Erinnerung zu rufen und ihn zum Arbeiten zu ermuntern; es mußte ja nicht gerade die Sache mit den Orangen sein, aber warum konnte er nicht etwas für das Haus tun, das nach den vielen Monaten unseres Hierseins noch genauso häßlich war wie damals, als wir eingezogen waren?

Ohne auf das Rücksicht zu nehmen, was ich mir sehnlichst wünschte, machten die Meinen offene und unerträgliche Anspielungen auf das Ziel, das sie unbedingt erreichen wollten. Langsam wurde mir klar, daß sie auch den Kauf des Hauses zu den Mißgriffen des Großvaters zählten und daß sie aus einem Erschöpfungszustand Nutzen ziehen wollten; wenn seine Apathie andauerte oder sogar noch schlimmer wurde, war er ihnen wenigstens nicht mehr im Weg, und vor allem wäre er dann nicht mehr imstande, die geplante Restaurierung des Hauses in Angriff zu nehmen, die sie für unnütz und kostspielig hielten, und von der ich mir hingegen so viel erwartet hatte. Und der Großvater unternahm auch tatsächlich nichts, um die Position wiederzuerlangen, die er früher im Hotel innegehabt hatte. Schweigend und in sich versunken saß er auf dem Stuhl neben dem Backtrog. Die plötzliche Röte zog in immer kürzeren Abständen über sein Gesicht. Einmal mußte der Arzt kommen, weil der Großvater in Ohnmacht gefallen war, und inzwischen kam er auch oft, ohne daß man ihn gerufen hätte. Während ich mich langsam mit dem Gedanken vertraut machte, ihn zu verlieren, nahm auch meine Achtung vor ihm ab, obwohl ich ihn noch immer gern hatte. Ich wehrte mich zwar gegen die neuen Gefühle, die sich in mir regten, weil ich nicht so sein wollte wie die Großmutter und meine Eltern, aber mein Widerstand wurde immer geringer. Inzwischen war alles im Haus an der Via dei Tre Mori eine Kränkung für mich.

Aber als ich mich bereits damit abgefunden hatte, daß die Zukunft nichts anderes für mich bereithielt als Traurigkeit, fiel mir auf, daß die Augen des Großvaters immer wieder aufs neue zu leuchten begannen, als ob in regelmäßigen Abständen eine Lichtquelle hinter seinen Pupillen erschiene, ein Vorbote geheimer ungeahnter Energien. Während die Meinen nicht mehr daran zweifelten, daß der Großvater und sein schwerer Körper dem Untergang geweiht waren, saß ich vor ihm und staunte angesichts dessen, was ich sah und was ich mir dazu vorstellte, und aufgrund einer plötzlichen, jedoch berechtigten Hoffnung war ich fest davon überzeugt, daß er nicht auf das Ende zueilte, sondern für neue Abenteuer Kräfte sammelte, die die traurigen Prognosen Lügen strafen und die gemeinen Pläne der Großmutter, meines Vaters und meiner Mutter zunichte machen würden.

Tatsächlich nahm der Großvater wieder seine Rundgänge durch das Haus auf, als hätte er lange geheim gehaltene Neigungen wiederentdeckt, womit er mich jedoch nicht überraschen konnte; er vermaß mit dem Metermaß die Zimmer und studierte aufmerksam ihre Anordnung; dann suchte er sich ein Zimmer aus, räumte es völlig aus und stellte einen Schreibtisch und große alte Bücherregale hinein. In einem Antiquariat kaufte er Dutzende Bücher über Botanik, Zoologie und Landwirtschaft, die nun, der Größe nach geordnet, die wurmstichigen Regale füllten. Ich konnte mir zwar nicht vorstellen, warum der Großvater so viele Bücher gekauft hatte, aber angesichts dieses unerwarteten und einzigarten Ausbruchsversuchs erwachten meine alten Hoffnungen aufs neue, und die Phantasie, die sie nährte, war in der langen Zeit, in der ich sie schmerzhaft hatte verdrängen müssen, nur kräftiger geworden. Doch allen meinen Hoffnungen zum Trotz kümmerte sich der Großvater, sobald er sein Arbeitszimmer eingerichtet hatte, in keiner Weise um die anderen Zimmer und den Garten. Ganz im Gegenteil, kaum war sein Arbeitszimmer fertig, verließ er das Haus, ging auf die Bank, hob eine beträchtliche Summe ab und kaufte ein Stück Land auf den Hügeln, südlich der Stadt. Mitten auf dem Landstück stand ein himmelblaues Haus, in dem die Bauernfamilie wohnte, die das Anwesen bewirtschaftete.

Kaum war der Großvater von seinem waghalsigen Unternehmen ins Haus an der Via dei Tre Mori zurückgekehrt, sprach er von Olivenbäumen und Weinstöcken, die er pflanzen wollte, und von der Peronospera, die er bekämpfen mußte, und er sprach tagelang und ununterbrochen davon, beim Mittag- und beim Abendessen. Die Großmutter und der Vater waren noch verblüffter als ich. Ich überraschte sie dabei, wie sie klagten und fluchten. Die Großmutter weinte und machte sich Vorwürfe, weil sie vom Großvater hinters Licht geführt worden war und sie nicht rechtzeitig das Sparbuch an sich genommen hatte, das ja auch ihr gehörte, wo sie doch jahrelang im Hotel geschuftet hatte, und zwar mehr als ihre eigenen Stubenmädchen; und der Vater schrie und sah lange Zeit niedergeschlagen und finster drein. Meine Mutter, die die einzige Tochter des Großvaters war, sah den beiden anderen bestürzt zu, wie sie ihren Gefühlen und ihrer Verzweiflung freien Lauf ließen; oft fand ich sie betroffen und schweigsam in irgendeinem Winkel des Hauses stehend. Dann näherten sie sich dem Großvater aufs neue, gedemütigt und argwöhnisch wie Soldaten, die eine Schlacht verloren haben und dem Feind in die Hände gefallen sind.

Meine Gefühle waren brutal aus dem Hafen vertrieben worden, den sie sich so geduldig errichtet hatten, und wenn sie auch nicht sofort in das Fahrwasser des Großvaters einschwenken konnten, war ich letztendlich doch glücklich über seine Entscheidung. Ich hätte mir zwar nie träumen lassen, daß er, unentschieden zwischen dem Haus und den Orangen, am Ende etwas ganz anderes in Angriff nehmen würde. Aber obwohl mir das Vorhaben mit den Orangen nicht gefallen hatte und ich keinen Sinn darin gesehen hatte, sie in ferne Länder zu exportieren, war mir inzwischen alles gleichgültig geworden, und auch für das Haus, das mir durch die Falschheit und Hinterlist der Großmutter, des Vaters und der Mutter verleidet war, empfand ich keine Liebe mehr. Ich war jedoch durchaus angetan von dieser Neuigkeit, von einem Horizont, der mehr als nur ein restauriertes und vergrößertes Zimmer versprach und den hohe Bäume und einladende Hügel säumten. Bald fühlte ich mich aufs neue zum Großvater hingezogen, zu seiner starken Persönlichkeit, die sich, nachdem sie wieder zu Kräften gekommen war, über alle Hinterlist und alle Hindernisse hinweggesetzt hatte. Ich versuchte ihm zu verstehen zu geben, wie sehr ich ihn bewunderte und respektierte, als er sich mir plötzlich freudig näherte, wie einem lang ersehnten Enkel, der ihm von einer glücklichen Vorsehung unerwartet in den Schoß gelegt worden war. Dies war der Beginn unserer wahren Freundschaft, und angesichts der prekären Lage bei uns zu Hause war sie etwas derart Eindeutiges und Stabiles, daß ich sie mit einer Gnade Gottes verglich.

In einer Art stillschweigender Übereinkunft hielten sich der Großvater und ich so wenig wie nur möglich zu Hause auf, und in den Stunden, in denen wir aufgrund der familiären Gepflogenheiten dazu gezwungen waren, zogen wir uns in sein Arbeitszimmer zurück. Nach der Schule und nach dem Abendessen rief mich der Großvater zu sich in sein Zimmer, das niemand sonst betreten durfte. Er sprach von Aussaaten und Ernten, von Grundstücken und Bauernhäusern. Auf diese Weise lernte ich die Namen von allen wichtigen Grundbesitzern der Gegend und auch der entlege-

neren Gebiete unserer Provinz kennen. Am Samstag- und Sonn-
tagnachmittag sowie an allen schulfreien Tagen begleitete ich den
Großvater auf unser Gut, und er offenbarte mir seine kühnen
Pläne für die zukünftige Bestellung des Landes. Innerhalb der
Grenzen seines Gutes jedoch vermochte er nur wenige seiner lei-
denschaftlichen Gedanken und Vorhaben darzulegen, und da er
dazu Beispiele, Vergleichsmöglichkeiten und Beweise brauchte,
unternahmen wir lange Spaziergänge über das Land. Die Landschaft rund um das Gut war vielfältig und außergewöhnlich.
Dicht bepflanzte Parzellen in der Ebene wechselten sich mit Feldern und spärlich bewaldeten Hügeln ab, und dazwischen lagen
Täler, die entweder so flach waren, daß man sie kaum erkannte,
oder eng und tief wie Schluchten, und dort, wo man es am wenigsten erwartete, hinter der Kurve einer auf den ersten Blick ganz
gewöhnlichen Straße, oder am Ende eines Weges, der von Laub
überdacht und von jungen Sträuchern gesäumt war, deren jähe
Bewegungen hinterhältig und irritierend waren, lagen plötzlich
Wiesen mit seidigem Gras, Wiesen, auf denen es rot, weiß und
violett blühte, wunderbar angeordnete und bebaute Felder, und
zwischen den Wiesen und Feldern standen die rosaroten und hellblauen Häuser der Bauern, große Gutshöfe voller Maschinen
und Karren, mit Straßen davor, die so sauber waren wie die Via
dei Tre Mori, und Villen mit Dutzenden von Zimmern und Bil-
liardsälen und Taubenschlägen auf dem Dach und Türmen an
allen vier Ecken. Ich schrie vor Freude, ich rüttelte an den Zweigen der Bäume, ich rannte, und der Großvater verglich mich mit
den jungen Sträuchern, die nie stillstehen konnten. Auf meine
Fragen erhielt ich zur Antwort, daß nichts unentbehrlich ist in
der Natur, weder die Pflanzen, die mir unbedeutend schienen,
noch jene, die ich für schädlich hielt; selbst die engen, tiefen, un-
bebauten Täler, bei deren Anblick mir schwindlig wurde, waren
notwendig. Ich erfuhr, daß die Gutshöfe und Villen an den am
besten dafür geeigneten, beziehungsweise an den einzigen dafür
geeigneten Stellen erbaut wurden, um dem Land, das mir den
Beschreibungen des Großvaters zufolge ohnehin schon wunderbar geordnet schien, eine noch schönere Ordnung zu geben. Und
die Menschen paßten gut zum Land. Sie sprachen nur von Pflanzen, vom Boden und von den Jahreszeiten, und ihre Worte nahmen mich derart gefangen, daß ich bald genauso dachte wie die
Landbewohner.

Außerdem gefiel mir, wie der Großvater mit seinem Bauern
und mit den anderen Bauern umging, mit den Verwaltern und
den reichen Landbesitzern, denen er vor nicht allzu langer Zeit
noch in seiner Eigenschaft als Hotelbesitzer gedient hatte: Sein
scharfer Verstand stand gegen den ihren, sein Wissen gegen das

ihre. Dutzende Gutsherren unterhielten sich mit ihm über seinen Besitz, erteilten und erbaten Ratschläge. Er brachte stets ein tiefes Vertrauen zu Land und Boden zum Ausdruck, das mich überzeugte und begeisterte. Ich war sogar stolz darauf, daß der Großvater ursprünglich arm gewesen und dann reich geworden war. Er hatte gut daran getan, das Landgut zu kaufen, er hatte gut daran getan, sich nicht auf das erstbeste Unternehmen einzulassen, sondern lange und sorgfältig nachzudenken, ohne auf mich und die anderen Rücksicht zu nehmen. Denn so erklärte ich mir inzwischen seinen langen Dämmerzustand. Seine Fähigkeiten und seine Kraft brauchten viel Platz, um sich zu entfalten und zu behaupten. Ich war zwar noch immer gegen das Vorhaben, Orangen zu exportieren, denn ich kannte weder die fernen Regionen, wo diese wuchsen und reiften, noch die noch ferneren Länder, in die wir die Orangen hätten transportieren müssen, und ich wußte auch nicht, wie die Kinder beschaffen waren, die sie essen würden, aber inzwischen bereute ich den Wunsch, der Großvater hätte sich einzig und allein der Restaurierung des Hauses widmen sollen, und angesichts meiner kleinmütigen Vorstellungen von früher errötete ich vor Scham. Die vielen Spaziergänge, die vielen absichtlichen oder zufälligen Begegnungen in den Feldern, auf den Wiesen und Straßen und am Rand der Wälder, auf den Gutshöfen oder vor den Gittertoren der Villen hatten in mir eine staunende Bewunderung für das Land reifen lassen, wo jedes Element unentbehrlich war für das andere, und die Menschen im Gegensatz zur Stadt alle gleichermaßen notwendig waren. Ich spürte, daß ich als einziger unter den vielen Menschen, mit denen wir uns unterhielten, aufgeregt und auch ein wenig verstört war, aber dennoch empfand ich, wenn der Großvater mit seinen Bekannten oder mit Menschen sprach, die wir zufällig trafen und deren Namen wir nicht einmal wußten, eine Glückseligkeit, von der ich glaubte, sie würde ewig dauern.

Als ich und der Großvater jedoch eines Tages im Winter ein Stück am Fluß entlang stadtauswärts gewandert waren und einen wunderbaren, mir unbekannten Ort erreicht hatten, an dem hohe weiße Bäume wuchsen, die von sich aus so angeordnet waren, daß sie, wie der Großvater sagte, im Sommer eine Art kleinen Park mit geradlinigen und schattigen Wegen bildeten, da erzählte uns ein Bauer von einem schrecklichen Hochwasser, das das Land vor zwei Jahren heimgesucht hatte, und auf das weitere Überschwemmungen in den Jahren darauf gefolgt waren, die Tod und Zerstörung gebracht hatten, soweit das Auge reichte. Einige dieser Überschwemmungen waren seiner Meinung nach nicht zu verhindern gewesen, andere jedoch hätten die Menschen selbst verschuldet, weil sie es bei den ersten unmißverständlichen

Anzeichen von Unwetter verabsäumt hatten, die Dämme des Flusses zu festigen. Er beschrieb die Felder, die zu Morast geworden waren, und den trüben und reißenden Fluß, der Bäume und tote Tiere mit sich führte. Der Bauer begleitete uns ein Stück auf dem Rückweg und erzählte uns, der Boden, über den wir gingen, werde jeden Tag verwüstet von Arbeitern und Landstreichern aus der Stadt, die kämen, um Gemüse und Obst und sogar Weizen und Mais zu stehlen. Obwohl er im Sommer immer auf den Feldern sei, habe er keine einzige der vielen Tomaten und Melonen retten können, die er unten am Fluß pflanzte. Aber die Diebe begnügten sich nicht mit dem Obst, sie rissen auch die Pflanzen mitsamt den Wurzeln aus, so daß sie keine Früchte mehr trügen. Das Wasser, von dem wir uns inzwischen entfernt hatten, glitzerte dunkel, die weißen, blattlosen Bäume zeichneten sich gegen den Himmel ab, der sich mit abrupten, schmerzhaften Bewegungen verfinsterte. Schließlich verabschiedete sich der Bauer von uns, und seine Worte waren voller Zuversicht in seine Arbeit und in die Gunst der Jahreszeiten, aber ich und der Großvater gingen schnell weiter, niedergeschlagen und schweigend. Ich hatte mich lange gegen die Gewißheit gewehrt, daß das Land nicht nur schön und friedlich war. Ich hatte mich lange an die fröhlichsten Erinnerungen geklammert, an Bilder von friedlichen und ruhigen Orten und an die vertrauensvollen und zuversichtlichen Reden, die ich in den letzten Tagen gehört hatte. Aber bei dem Gedanken, die Zerstörungswut von Fremden, die Nachlässigkeit eines Bauern oder irgendeine geheimnisvolle Kraft der Natur selbst könnten die wunderbare Harmonie des Landes zerstören, ergriff mich schließlich eine wahnsinnige Angst. Ich fürchtete, meine Glückseligkeit könnte unter einem Trümmerfeld begraben werden. Inzwischen konnte ich auf die Spaziergänge auf den Hügeln, zu den Gutshöfen und Villen nicht mehr verzichten, ich konnte die flachen Täler und die tiefen Schluchten nicht vergessen, die Früchte und die Blumen, und die jungen, unruhigen Sträucher, die der Großvater mit mir verglich. Es wäre besser gewesen, wenn ich Felder, Wiesen und Bäume nie kennengelernt und der Großvater sich dem Haus gewidmet hätte: Aber ein paar bleiche Wände konnten die frischen Farben des Landes nicht ersetzen, und unsere Zimmer, die uns verdrießlich stimmten, weil sie unsere Freiheit beschränkten, waren, selbst wenn man sie vergrößert und verschönert hätte, nicht mit den friedlichen, weiten Feldern und den grünen Wiesen zu vergleichen. Dachböden, Keller und Gärten hatten ihren Reiz für mich verloren, waren mir gleichgültig geworden. Die Vergnügungen der anderen Kinder interessierten mich nicht, ich verachtete sie. Nichts faszinierte mich außer den Gutshöfen, den Straßen und Wäldern, die mir der Großvater gezeigt hatte. Am Abend betete ich zu Gott, er möge Überschwemmungen verhindern und die Bauern und die Bewohner der Gutshöfe und Villen vor Nachlässigkeiten und Irrtümern bewahren, und er möge den Menschen der Städte verbieten, den Menschen vom Land, ihren Besitztümern und ihrer Arbeit, Schaden zuzufügen. Wenn es nach mir gegangen wäre, hätte sich keine einzige Stimme mehr gegen die Natur erheben dürfen.

In den ersten Tagen des Frühlings begannen jedoch die Großmutter, der Vater und die Mutter, ihre Freunde und Bekannten, der Lehrer und meine Kameraden und schließlich alle in der Stadt, die vom ungewöhnlich milden Winter verwöhnt waren, über die heißen und schwülen Apriltage zu klagen. Schon nach zwei Wochen waren sie matt und müde und sagten, sie würden es nicht bis zum Sommer durchhalten, der eine wahre Plage zu werden verspreche. Es war wirklich heiß, aber bei weitem nicht so sehr, wie die Meinen, meine Kameraden und die anderen behaupteten. Der Himmel war nicht immer kristallklar, wie es bei uns im Sommer der Fall ist, sondern er war von rosaroten und bleifarbenen Dunstwölkchen bedeckt, und die Sonne hatte keine scharfen Konturen und ihr Licht war nicht so grell wie im Juli und August. Ich fürchtete den Frühling vor allem deshalb, weil mir der Großvater erzählt hatte, die unbeständigen April- und Maitage, an denen es plötzlich heiß und dann genauso plötzlich kalt wurde und es manchmal sogar noch Frost gab, würden in unserer Provinz manchmal das ganze Land ruinieren. Erst zu Beginn des Sommers würden wir mit Sicherheit wissen, ob das Obst und das Getreide in ihren lebendigsten Farben leuchteten und reiften; und ich wartete auf den Sommer und sein Licht und seine Hitze, von denen ich wußte, daß sie unentbehrlich waren für die Welt. Bald hallten die Klagen, die ich ringsherum hörte, in meiner verängstigten Seele wie Verwünschungen nach. Unerträglich war der Hochmut der Menschen, die in den Lauf der Jahreszeiten eingreifen wollten. Eine seltsame schreckliche Angst ging von den Menschen und den Dingen aus, und sie schmetterte mich nieder wie eine Krankheit. Am Anfang hatte diese Krankheit ihre Phasen des Stillstands und der Ruhe, in denen ich mich fragte, ob ich die Worte und die Gesten der anderen nicht falsch verstanden hätte, und ich versuchte, das Übel auszureißen, das nun untrennbar mit der immer lebendiger werdenden Erinnerung an die Worte des Bauern verbunden war, der mir unten am Fluß die Überschwemmung und die Gemeinheit der Menschen beschrieben hatte. Am liebsten wäre ich jeden Tag aufs Land hinausgegangen, um mich beim Anblick der unversehrten Harmonie der Weinberge und Wiesen zu trösten. Inzwischen bat ich selbst den Großvater, das Haus an der Via dei Tre Mori und unsere Familienangehörigen zu verlassen, die mit ihren Reden meine Unruhe ins Unerträgliche steigerten. Auf dem Land stellte sich jedoch heraus, daß sich meine düsteren Vorahnungen bewahrheitet hatten. Die Bauern sprachen bedauernd vom verfrühten Frühlingsbeginn und vom allzu milden Winter, der, allem Anschein zum Trotz, für die Pflanzungen schädlich war. Ihr Unmut kleidete sich jedoch nicht in heftige Worte. Sie stellten bekümmert fest, daß man die Jahreszeiten hinnehmen mußte, wie sie waren: sowohl die kargen und trostlosen, deren wenige Vorteile man nutzen mußte, als auch die guten und fruchtbaren, deren Gaben in Frieden allen zugänglich gemacht werden sollten. Ich stellte fest, daß ihr Schmerz und ihre Angst von der Unfähigkeit herrührten, das Gleichgewicht der Natur wiederherzustellen, das für das Gedeihen des Landes unerläßlich war, und mich bedrückte ihre Demut und ihre Befangenheit angesichts der Tatsache, daß die viele Arbeit umsonst gewesen sein könnte, wie die größten Pessimisten und die am wenigsten Zurückhaltenden unter ihnen behaupteten. Ich verglich die Bauern mit den Stadtbewohnern, die absolut keine Demut besaßen, die schamlos ihre Meinungen und ihre Vorlieben zum Besten gaben, ohne sich darum zu kümmern, ob sie damit anderen schadeten. Der Unterschied zwischen den beiden bestärkte mich in der Gewißheit, daß etwas Böses in der Luft lag, das die Felder niederdrückte und unter dem Boden schwelte, über den ich ging. Genauso wie vor einiger Zeit das Haus an der Via dei Tre Mori, verlor nun auch das Land langsam jeden Zauber für mich. Doch während einzig und allein die Einsicht mich traurig gestimmt hatte, daß meine Hoffnungen, das Haus betreffend, nie in Erfüllung gehen würden, so litt ich nun auch deshalb, weil ich meine Gefühle mit den Menschen teilte, die ich in den Weinbergen und auf den Wiesen, in den Gutshöfen und Villen kennengelernt hatte, und dies verstärkte meinen Schmerz. Auf dem Höhepunkt meiner Verzweiflung und meines Unbehagens versuchte ich Trost zu finden, indem ich alle Gedanken und Empfindungen dem Großvater anvertraute, aber als ich ihm zu verstehen geben wollte, wie sehr ich mich nach einem freundschaftlichen Führer sehnte, der mir nicht nur die uns lieb gewordenen Plätze auf dem Land zeigte, sondern der mir auch helfen sollte, mich von den beklemmenden Gefühlen zu befreien, die sich in mir angesammelt hatten, mußte ich feststellen, daß auch er unruhig und besorgt war. Erst jetzt wurde mir bewußt, daß unsere Landspaziergänge in letzter Zeit seltsam und unregelmäßig geworden waren, und daß der Großvater noch ängstlicher war als ich; und seine Unsicherheit und seine Besorgnis beunruhigten mich umso mehr, als ich wußte, daß sich der Großvater in den Gesetzmäßigkeiten und den Dingen der Natur auskannte. Der

Großvater hatte seine Angst zu beschwichtigen versucht, indem er von einem Ort zum anderen lief, wo er einen Bauern, einen Gutsverwalter oder Landbesitzer anzutreffen hoffte, der aufgrund seiner Erfahrung Gutes für die Zukunft voraussagte, und zu Hause warnte er die Großmutter, den Vater und die Mutter, die er verdächtigte, den kommenden Sommer zu verwünschen. Wer sich mit den Jahreszeiten anlege, sagte er, lege sich mit Gott an, der diese nach seinem Willen geschaffen habe. Auch auf der Straße stritt er mit jedem, der zu sagen wagte, daß er den Sommer nicht herbeisehnte.

Der Frühling war fast vorbei, es war ein schwüler, gleichförmiger Frühling gewesen, ohne die sonst üblichen Lichter und Farben, und es hatte ganz wenig geregnet, genausowenig wie im Winter, als die Dürreperiode begonnen hatte. Die Sonne, die sich trotz der Verwünschungen der Stadtbewohner am Himmel erhob, nahm alles in Besitz. Ein schreckliches Ungeheuer hatte sich am Himmel eingenistet und bohrte von dort seine Tentakel in die Erde. Es tötete die Pflanzen, wütete gegen Tiere und Menschen. Zuerst war die Umgebung der Stadt vernichtet worden, wo sofort jegliche Vegetation verdorrte, dann hatte sich der Tod wie eine riesige Welle über die Hügel ergossen, und nun überflutete er auch die Felder und Wiesen in der Ebene. Auch die Wälder auf den Hügeln und die dichteren in den Tälern hatte er bereits angegriffen und ausgedörrt. Auf den Hügeln lag das Gut des Großvaters, unser Gut. Wir gingen gemeinsam hin, um es zu besichtigen. Die Pflanzen waren dürr, die Früchte schwarz und vertrocknet. Das hellblaue Haus war staubgrau geworden, ausgedörrt und ungastlich stand es da. Der Bauer weinte, und auch seine Frau weinte. Der Großvater tröstete sie, während er sich den Schweiß von Stirn und Kinn wischte. Auf dem Rückweg ließ der Großvater seiner Verzweiflung freien Lauf, er behauptete, ruiniert zu sein. Hätte er noch Geld besessen, sagte er, würde er versuchen, Wasser vom Fluß auf die Hügel zu pumpen, aber dann fügte er hinzu, daß wahrscheinlich sogar diese Mühe umsonst gewesen wäre. Die jahrelange Arbeit im Hotel wurde durch diese Katastrophe zunichtegemacht. Nach der Dürre würde er kein Geld mehr haben, um das Land neu zu bestellen. Er verfluchte das Menschengeschlecht, das mit seiner Gewissenlosigkeit die Dürre verursacht hatte, und er schwor, daß er den erstbesten umbringen würde, der es wagte, irgendeine Meinung über das Wetter zu äußern.

Als wir in die Stadt zurückkamen, war es noch früh am Tag. Der Markt erwachte nach der mittäglichen Ruhe zu neuem Leben. Die Straßen waren grau geworden, das Pflaster und die Häuser schienen sich aufgrund der Hitze in Staub aufzulösen.

Die Menschen sprachen von langen und von kurzen Tagen, und dabei hörten sie nicht auf zu fluchen. Der Großvater machte jedoch niemandem Vorwürfe. Er lief auf den Plätzen und Straßen umher bis es dunkel wurde, und wenn er jemanden traf, der vom Land kam, erkundigte er sich freundlich nach dem Boden, den Pflanzen, den Tieren. Die Antworten, die er erhielt, waren von grauenvoller Trostlosigkeit. Am Abend zog er sich in sein Arbeitszimmer zurück und las bis in die Morgenstunden. Das hatte er seit zwei Jahren, seitdem wir das Gut gekauft hatten, nicht mehr getan. Er las einige Nächte hindurch. Am Morgen und am Nachmittag kam sein Bauer und zeigte ihm verzweifelt dürres Obst, kleine Pflanzen und gelbe, von der Sonne versengte Äste. Der Großvater, der Bauer und ich standen schweigend vor den toten Dingen, bis der Bauer wieder ging. Nun drängten die Meinen ins Arbeitszimmer, scharten sich um den Großvater und fragten ihn, was er zu tun gedenke, um die Ernte zu retten. Sie quälten ihn mit ihren bohrenden Fragen, die voller Bosheit und Verachtung waren. Der Mangel an Obst und Gemüse, die kleinen saft- und geschmacklosen Tomaten, die der Bauer auf dem Gut und vielleicht auch anderswo zusammenklaubte, höchstens ein Dutzend pro Woche, die köstliche Erinnerung an die Kartoffeln des Vorjahres: Das alles diente ihnen als Vorwand, um ihm vorzuwerfen, daß er unbedingt seinen Kopf hatte durchsetzen müssen. Eines Tages hatten sie sogar von ihm verlangt, das Gut für wenig Geld an einen großen Landbesitzer in der Umgebung zu verkaufen, bevor es derart heruntergekommen wäre, daß es keiner mehr wolle. Anfangs saß der Großvater zusammengesunken auf seinem Stuhl, ohne zu reagieren, dann schloß er sich in seinem Arbeitszimmer ein, das er nur mehr zum Mittag- und Abendessen verließ. Er war traurig, und obwohl ich ständig bei ihm war und zu ihm sprach, antwortete er mir mit keinem Wort. Ich sah, daß er wieder in denselben Zustand verfiel wie damals, als er das Hotel verkauft hatte, und nun galten meine Sorgen nicht mehr allein dem von der Dürre zerstörten Land, sondern auch ihm. Am liebsten wäre mir gewesen, die Sonne hätte der Reihe nach alle umgebracht, die Großmutter, den Vater, die Mutter, ihre Freunde und Bekannten, und schließlich alle Bewohner der Stadt.

Eines Abends stellte der Großvater zwei kleine Glasbehälter auf den Schreibtisch, in denen sich jeweils ein wenig Mais und ein wenig Weizen befanden. Wenn wir uns nach dem Abendessen im Arbeitszimmer einschlossen, nahm er nun immer die Gläser in die Hand und betrachtete sie lange im Licht der Lampe, die er zu diesem Zweck am Kabel von der Decke herunterzog. Ich kauerte auf einem niedrigen Schemel neben der offenen Balkontür und sah ihm zu. Die Mutter und die Großmutter kamen oft zur Tür und klopften; sie sagten, ich solle mit ihnen hinausgehen, um den kühlen Nachtwind zu genießen, den es in Wirklichkeit gar nicht gab, aber ich weigerte mich, sie zu begleiten. Der Großvater hörte reglos zu, wie wir uns durch die geschlossene Tür hindurch unterhielten, und ich war überzeugt davon, daß er nicht gerne allein gelassen werden wollte. Beeindruckt von dem unerklärlichen Getue um die beiden Gläser, die ihn derart beschäftigten, hätte ich es nie gewagt, das Zimmer vor ihm zu verlassen. An manchen Abenden besuchten ihn ein paar der Männer in seinem Arbeitszimmer, die in an Markttagen verzweifelt und apathisch über die Straßen und Plätze irren sah, die früher einmal voller Obst, Gemüse und Tiere gewesen waren. Das bunte Treiben auf dem Markt hatte mir immer gefallen: das ständige Kommen und Gehen von Menschen mit Körben voller Eier, Käfigen mit Hühnern oder Kaninchen, die Händler, die Stoff und Geschirr, Süßigkeiten und Spielzeug verkauften. Ich war allein hingegangen oder in Begleitung des Großvaters, und früher, bevor wir das Haus an der Via dei Tre Mori gekauft hatten, auch mit meiner Mutter. Jetzt bat mich der Großvater, ich solle hingehen, einen Blick auf den großen Platz werfen und ihm dann berichten, ob das Obst und das Gemüse, das verkauft wurde, vom Land rund um die Stadt stamme oder von anderen Regionen oder gar von den Inseln. Die Männer, die ihn besuchten, fragten ihn, was er von dem Unglück hielte, das inzwischen allen Reichtum der Erde hinweggerafft hatte, und ob auch andere Regionen von demselben Unheil betroffen wären wie wir; und dann saßen sie rund um den Schreibtisch und sahen ihm zu, wie er Kalender und Bücher zur Hand nahm, wie er die beiden Gläser begutachtete und schüttelte.

Vom Balkon aus hörte ich die Geräusche der Stadt. Unten auf der Straße, die so aufgeheizt war wie mitten am Tag, unterhielten sich aufgeregt die Frauen. Und eigentlich wurde es nie so richtig Nacht. Ein schwacher, aber durchdringender heller Schein wich nicht vom Himmel, bis ich ins Bett ging, und ich war davon überzeugt, daß er bis in die Morgenstunden dort blieb. Ich sagte mir, daß der Großvater über viele Dinge Bescheid wußte, daß er gebildeter war als der Vater, die Mutter und die Großmutter, als alle Menschen, die ich kannte: Ich setzte alle meine Hoffnungen auf ihn. Ich hoffte, daß er in seinen Büchern, in den beiden Gläsern mit dem Weizen und dem Mais eine Methode finden würde, das Land gesund zu machen. Ich erwartete von ihm das Heil für uns alle. In den Momenten größten Vertrauens erinnerte ich mich an Einzelheiten unserer früheren Spaziergänge, die uns über Wiesen und Felder geführt hatten, an das Selbstvertrauen, mit dem der Großvater seine Meinung darlegte, an die weite Natur, in der doch irgendeine Spur von Grün, von Leben zurückbleiben mußte. Aber kaum dachte ich an das inzwischen zur Wüste gewordene Land, an die Bösartigkeit der Mutter und der Großmutter, die mich aus dem Arbeitszimmer des Großvaters locken wollten und die sich nun ebenfalls mit dem kahlen Park und dem Platz mit den Linden zufriedengeben mußten, kaum fiel mein Blick auf die Männer, die traurig und resigniert im Kreis rund um den Großvater saßen, verlor ich jede Hoffnung. Wenn ich meinen Glauben verlor, konnte ich keine Verbindung mehr herstellen zwischen dem Wissen des Großvaters und der schrecklichen erbarmungslosen Dürre. Und die Gesten des Alten, sein zurückgezogenes Dasein in dem Zimmer voller Bücher, wo er vor zwei kleinen Gläsern hockte, wurden mir immer rätselhafter.

Die ersten Nachrichten von Bränden erreichten uns, auf dem Land hatten Strohhaufen und Heuschober, Häuser und ganze Wälder Feuer gefangen. Der Großvater wollte nun nicht einmal mehr zum Mittag- und Abendessen aus seinem Zimmer kommen, er weigerte sich sogar, seinen Bauern zu empfangen. Die Großmutter, der Vater und die Mutter begannen, ihn wahrhaftig zu belagern. Sie sagten, er solle etwas unternehmen, sich auf sein Gut begeben. Sie warfen ihm noch immer vor, das Anwesen gekauft zu haben, ohne daß er sie um ihre Meinung gefragt hatte. Sie beschimpften ihn sogar. Aber eines Tages reiste er ab. Er hatte eine Schwester, die er mehr liebte als irgendjemanden sonst, und die einen Orangenexporteur aus Palermo geheiratet und drei Söhne zur Welt gebracht hatte. Die Söhne waren, kaum erwachsen, als Kaufleute in die weite Welt gezogen und reich geworden. Der Großvater sprach oft von seiner Schwester und vor allem von seinen jungen, abenteuerlustigen Neffen, die er kaum kannte und die, wie ihm vor einigen Jahren in einem Brief aus Palermo mitgeteilt worden war, während ihres Aufenthalts in fremden Ländern gut sieben Sprachen gelernt hatten. Eines Tages erkrankte unsere Verwandte, die seit einigen Jahren Witwe war, und ihre Söhne eilten aus Prag, Kairo und Barcelona herbei, wo sie inzwischen zu Hause waren. Dem Tod entronnen, schrieb die Schwester gemeinsam mit den Neffen einen Brief an den Großvater, worin sie ihn bat, sie zu besuchen, denn nach den vielen Jahren und der traurigen Zeit, die sie durchgemacht habe, würde sie ihn gerne wiedersehen. Und der Großvater unternahm die erste große Reise seines Lebens. Allem Anschein nach glücklich darüber, daß ihm diese unerwartete Einladung die Möglichkeit bot, sich dem allgemeinen Elend zu entziehen und sich von der verhaßten Anwesenheit der Großmutter, des Vaters und der Mutter zu befreien, die ihn derart gequält hatten, reiste er ab, nicht ohne ihnen vorher Hungersnöte und Erdbeben vorauszusagen.

Kaum war der Großvater abgereist, machten die Großmutter und meine Eltern keinen Hehl mehr aus ihrem Groll. Aber je heftiger sie den Großvater beschimpften, desto mehr spürte ich, daß ich ihn gern hatte, und ich flüchtete ins Arbeitszimmer, um nicht hören zu müssen, wie sie ihn mitsamt dem Tag, an dem er das Gut gekauft hatte, verfluchten. Meiner Meinung nach war er nur deshalb weggegangen, weil bei uns zu Hause niemand die Wiesen und Felder, die Wälder und die Menschen auf dem Land liebte und weil ihn niemand verstand. Alle meine Willenskräfte richteten sich gegen seine Unterdrücker, seine Verfolger. Ich antwortete mürrisch, wenn sie mich riefen, ich widersetzte mich ihren Anordnungen. Dieser immerwährende Kampfzustand und die Tatsache, daß ich dafür nicht bestraft wurde, verliehen mir am Anfang Kraft und Mut. Ich glaubte immer besser zu verstehen, was der Großvater mit seinen Studien und Forschungen hatte bezwecken wollen, und fühlte mich während seiner Abwesenheit als Mittelsmann zwischen der geheimnisvollen Macht des Himmels und dem Unglück der Menschen. Unaufhörlich verbreiteten sich Nachrichten über sterbende Tiere und über Menschen, die von der Heftigkeit der Sonne übermannt worden waren und den Tod fanden, während sie mit der Kraft der Verzweiflung ihre Arbeit verrichteten oder jemandem zu Hilfe eilten; es verbreiteten sich Nachrichten von Bränden, die sich inzwischen nicht mehr eindämmen ließen. Alle waren davon überzeugt, daß es bald ein Erdbeben geben würde, und die Mutter und die Großmutter zuckten bei jedem Geräusch zusammen. Manchmal hörte ich auch, wie sie in der Nacht im Haus auf und ab gingen. Ich betete zu Gott, wobei ich die Landbevölkerung mit Inbrunst verteidigte, und ich flehte ihn an, er möge den Großvater zurückkehren lassen. Aber inzwischen waren zwanzig Tage vergangen und niemand hatte etwas von ihm gehört, nicht einmal mir hatte er eine Karte geschickt. Plötzlich wurde mir das schmerzhaft bewußt. Und sein Versäumnis erschien mir umso schwerwiegender, als ich im Wohnzimmer in einem Möbelstück zwei Alben voller Ansichtskarten fand und meine Mutter mir erklärte, es sei eine Pflicht, Verwandten und auch Freunden einen Gruß oder ein Andenken aus fernen Ländern zu schicken. Ich begann zu fürchten und schließlich zweifelte ich nicht mehr daran, daß der Großvater jede Verbindung mit dem Haus an der Via dei Tre Mori abgebrochen hatte und nicht zurückkehren würde. Und es wäre sein gutes Recht gewesen, sich so zu verhalten. Auch mich hatte er im Stich gelassen, und auch das war sein gutes Recht: Ich war der

Sohn meines Vaters und meiner Mutter, ich gehörte zu ihnen, zu diesem Haus. Vielleicht hatte mich der Großvater bei seiner Abreise noch gern gehabt, aber einzig und allein meinetwegen hätte er nicht bleiben können. Und ich hatte ihn nicht einmal gebeten, mit ihm gehen zu dürfen, weshalb er womöglich dachte, ich hätte mich gegen ihn entschieden. Ich war eifersüchtig auf die Neffen aus Palermo, die sieben Sprachen beherrschten und in Prag, Kairo und Barcelona lebten, in Städten, die viel größer und viel schöner waren als die meine. Immer wieder suchten mich die fröhlichen Erinnerungen an unsere Freundschaft heim, an die Besuche auf dem Gut, die Spaziergänge auf dem Land, das so reich war an Tälern und Wäldern, an Straßen, Villen und Gutshöfen, und sie quälten mich umso mehr, als ich mir sicher war, daß ich diese Freuden nie mehr genießen sollte, deren Farben mir noch immer frisch und lebendig vor Augen standen. In meiner Verzweiflung sah ich den einzigen Ausweg darin, mich ebenfalls von dem Haus an der Via dei Tre Mori loszusagen. Ich lief den ganzen Tag in der Stadt umher, bis in die Nacht hinein. Wie die wenigen Bäume in unserem Garten waren nun auch die Linden und Platanen des Parks verdorrt, sie standen staubig und ohne Blätter da. Der Markt war so karg bestückt wie noch nie zuvor, und jener Teil, der für Eier und Hühner, Kaninchen, Gemüse und sonstige Landprodukte reserviert war, war wie ausgestorben; und das Obst, der Salat und die Tiere, die die Händler aus dem Norden oder von den Inseln kommen ließen, lösten eher Haß aus als Trost zu spenden; und die Menschen, die auf dem Platz umherliefen, waren Roboter ohne Sehnsucht und ohne Hoffnung. Inzwischen betete ich nicht mehr für die Landbevölkerung: Ich betete für mich, ich flehte Gott an, er möge den Großvater von meinen wahren Gefühlen in Kenntnis setzen und in ihm Liebe und Mitleid für mich wecken.

Am Abend ging ich oft auf den Bahnhof und sah zu, wie die Reisenden aus dem letzten Zug ausstiegen. Gewiß würde auch der Großvater mit diesem Zug zurückkehren, denn die Reise von Sizilien in meine Heimatstadt war lange, und der Großvater hatte immer gesagt, daß er nachts nicht gern reiste. Als ich mich eines Abends bis ans Ende der Straße vorgewagt hatte, dann jedoch nicht den Mut gefunden hatte, den Bahnhof zu betreten, stellte ich bei meiner Rückkehr nach Hause fest, daß im Arbeitszimmer Licht brannte. Kurz zuvor hatte ich mich geweigert, meine Mutter und meine Großmutter in den Park zu begleiten. Eigentlich hatte ich die Absicht gehabt, nach Ankunft des Zuges noch heimlich einen Spaziergang durch die Stadt zu machen, aber die Frauen, die in Grüppchen vor den Haustoren saßen, hatten mich ängstlich und traurig gestimmt. Alle sprachen vom

Erdbeben. Die Luft war so dicht und schwer und die Erde so leicht und zerbrechlich, daß die Häuser von einem Augenblick zum anderen in Trümmer gehen konnten. Deshalb war ich zurückgekehrt. Auf dem Balkon des Arbeitszimmers lag ein heller Widerschein, als hätte der Großvater die Lampe von der Decke heruntergezogen, um die kleinen Glasbehälter mit dem Weizen und dem Mais darin zu betrachten. Ich rannte die Treppe hinauf und versuchte, mir keine falschen Hoffnungen zu machen, ich wies den Gedanken weit von mir, der Großvater könnte mit dem letzten Zug aus Palermo zurückgekehrt sein, den ich ausgerechnet heute abend verpaßt hatte.

Mein Vater saß am Schreibtisch und hantierte mit den Gegenständen, die darauf herumlagen. Als er sich dabei ertappt sah, wie er in den persönlichsten und intimsten Dingen des Großvaters herumschnüffelte, stellte er den Bleistiftspitzer und das Glas mit dem Weizen beschämt auf die Ledermappe zurück, ohne mich anzusehen. Er fragte mich:

»Was hatte der Großvater mit diesen Gläsern vor?«

»Er versuchte, die Sonne abzustellen«, antwortete ich.

»Er versuchte, die Sonne abzustellen?«

»Ja«.

»Die Sonne kann man nicht abstellen«.

»Doch«, behauptete ich. »Dem Großvater ist es fast gelungen, bevor er abreisen mußte«.

Ich war überzeugt davon, daß der Großvater mit seinen Studien einen Weg hatte finden wollen, wie man den grausamen Strahlen der Sonne Einhalt gebieten und den Menschen am Land helfen konnte, und das sagte ich dem Vater, damit er begriff, was ihm und den anderen mit der Abreise des Großvaters verlorengegangen war. Mein Gesicht nahm einen herausfordernden Ausdruck an.

»Und du Dummkopf meinst, man kann die Sonne abstellen? Wir Menschen?« brüllte er mich wütend an. »Was erzählst du mir da? Hat dir das der Großvater beigebracht?«, fügte er mit einem Lächeln voller Mitleid und Verachtung hinzu.

Ich drehte mich zum Balkon. So blieb ich eine Zeitlang stehen. Ich schwieg, aber nicht aus Angst vor dem Vater, sondern weil ich mit meinen überlegenen Gedanken allein sein wollte, von denen er aufgrund seiner geistigen Armut nicht die leiseste Ahnung haben konnte. Aus Angst, ich könnte den richtigen Augenblick für eine Antwort verpassen, ging ich dann zum Schreibtisch zurück. Ich hatte viel zu sagen, ich hatte überzeugende Argumente vorzubringen, und ich spürte, daß ich gleich zu Beginn erklären mußte, was für eine bedeutende Persönlichkeit der Großvater war und welch innige Beziehung zwischen uns bestand. Ich war von der Richtigkeit meiner Argumente derart überzeugt, daß mir die Rede, die ich mir vorgenommen hatte, kinderleicht erschien. Selbstsicher stützte ich mich auf den Schreibtisch, aber vor Eifer war mir plötzlich die Kehle wie zugeschnürt, und da sich dieser Knoten in Speichel aufzulösen schien, gab ich beim Sprechen keine Worte von mir, sondern nur ein dumpfes Gurgeln. Ich konnte nicht sprechen. Ich stellte fest, daß mein Vater zutiefst verärgert war.

»Die Sonne abstellen«, sagte er. »Du bist genauso ein Dummkopf wie der, der dir so einen Blödsinn weismachen will.«

Und mit einer Bösartigkeit und Respektlosigkeit, die ich ihm nie zugetraut hätte, begann er auf den Großvater zu schimpfen. Er sagte, er sei ein Taugenichts, der sich immer schon auf unsinnige und undurchsichtige Geschäfte eingelassen hätte, um sie dann den anderen aufzuhalsen, und auch diesmal sei er ohne triftigen Grund davongelaufen, ohne sich um das Gut zu kümmern, womit er ihn, die Mutter und die Großmutter in arge Bedrängnis gebracht hätte. Er sagte, der Großvater hätte in seinem Leben nichts zustandegebracht, auch im Hotel nicht, wo es die Großmutter gewesen sei, die mit harter Arbeit das Geld verdient hatte. Mein Vater sprang auf und schleuderte mit einer wütenden Bewegung die beiden Gläser auf das Dach des Hauses gegenüber. Mir war, als hätte er damit eine gotteslästerliche Handlung, ein Sakrileg begangen. In mir erwachten wieder Erinnerungen an die Spaziergänge auf dem Land, an die Wiesen und Täler, an die jungen, unberechenbaren Sträucher, und mir wurde schmerzhaft bewußt, daß ich sie tatsächlich nicht wiedersehen würde. Der Großvater kam nicht mehr zurück, und ich würde auch nicht mehr den Mut finden, Gott darum zu bitten. Irgendetwas war in meinem Leben endgültig zu Bruch gegangen, was ich bisher sorgfältig und liebevoll zu bewahren versucht hatte. Mit tiefem Widerwillen nahm ich die Bösartigkeit meines Vaters zur Kenntnis. Warum bloß war er so grausam, so hartnäckig? Er hatte doch auch wie ich von den Bränden und den tödlichen Unfällen auf dem Land gehört, auf dem Land, das inzwischen keine Grenzen mehr hatte. Auch er wußte, daß wir alle vom Erdbeben bedroht waren. Vor einem Jahr hatte ich meine alten Kleider an Kinder in fernen Regionen geschickt, in denen ein Erdbeben Dörfer und Städte zerstört hatte. Ich sah mich unter den Trümmern eines Hauses begraben, verletzt, allein auf der Welt. Ich trat ans Fenster. Der breite Milchglas-Schirm der großen, tiefhängenden Lampe reflektierte das Licht, so daß ihr Schein bis weit über den Balkon reichte, selbst die Regentraufe des Hauses gegenüber, auf dessen Dach mein Vater die beiden Gläser geschleudert hatte, war beleuchtet. Die Straße darunter war eng, staubtrocken und grau, und man hörte die klagenden Stimmen der Frauen. Die Stadt, die ich sah und die ich mir vorstellte, war noch trauriger als der Park und der Marktplatz, und sie war außerstande, sich von der Plage zu befreien, die sie heimgesucht hatte.

Vom unteren Ende der Treppe aus rief meine Mutter meinen Vater. Ihre Stimme war heiser, als wäre sie vom langen Laufen außer Atem. Am Rande der Stadt war ein Brand ausgebrochen, in der Via dei Campi, an der sich die Remisen der öffentlichen Verkehrsmittel und der Postautobusse befanden, die in die umliegenden Dörfer fuhren. Auf dieser Straße wimmelte es immer von Karren, Heu- und Strohfuhren. Ein großes, von mehreren Familien bewohntes Haus stand in Flammen. Meine Mutter, die am ganzen Leib zitterte, sagte, daß der Brand womöglich auf andere Häuser übergriffe, und sie bat meinen Vater, den Menschen auf der Via dei Campi zu Hilfe zu eilen. Die ganze Stadt sei schon dort, und es wäre eine Schande, wenn keiner von uns den Unglücklichen helfe, die gegen Elend und Tod kämpften. Mein Vater küßte meine Mutter und lief auf die Straße. Er war groß und schlank, er trug keinen Hut, und seine Haare waren zerrauft wie die meinen, er hatte einen Seitenscheitel und war noch sehr jung. Unsere Gesichter glichen einander wie ein Ei dem anderen; Stirn, Nase, Augen und Mund waren dieselben, das hatte auch der Großvater immer gesagt. Und das hatte auch mir immer am besten gefallen an mir und an ihm, früher, als er mit meiner Mutter und mir die Großeltern im Hotel besuchte, und ich mich noch gut mit ihm verstand und oft an uns beide dachte. Am Ende der Straße blieb er stehen und nahm mich an der Hand. Er sprach mit mir wie mit einem Erwachsenen, ruhig und liebevoll. Ich hätte ihn gerne gefragt, ob er vom Großvater wirklich das dachte, was er kurz zuvor im Arbeitszimmer gesagt hatte, aber er kam mir zuvor und gestand mir, daß auch er schon sehnsüchtig auf die Rückkehr des Großvaters aus Palermo wartete, um die Sache mit dem Gut zu klären. Jetzt war mein Vater wie ein älterer Bruder zu mir. Ich war gerührt von seiner Güte mir gegenüber, von dem Kuß, den er meiner Mutter geben hatte, von ihren schmerzerfüllten Worten und von der Hilfsbereitschaft, die meine Mitbürger gegenüber den unglücklichen Bewohnern des Hauses an der Via dei Campi an den Tag legten. Die schlanke Gestalt meines Vaters, der mich ansportnte, schneller zu gehen, vergrößerte noch zusätzlich meine Rührung. Je mehr wir uns dem brennenden Haus näherten, desto mehr vergaß ich die Vorfälle im Arbeitszimmer und die Demütigungen, die mein Vater meinem Großvater zugefügt hatte, die Pläne, die er gegen ihn ausgeheckt hatte und die Verwünschungen, die er zusammen mit meiner Mutter und Großmutter gegen ihn ausgestoßen hatte. Und als ich vor dem brennenden Haus stand, verzieh ich auch den Männern und Frauen von den Straßen und Plätzen, daß sie die schreckliche Dürreperiode über das Land gebracht hatten.

Wir blieben viele Stunden vor dem Gemäuer stehen, aus dem wütende Flammen hervorzischten und verzweifelte Laute drangen, bis wir beinahe schon im Morgengrauen, als das Feuer eingedämmt und kein weiterer Schaden mehr zu befürchten war, nach Hause zurückkehrten. Ich hatte Kinder gesehen, die in Decken gehüllt vor Angst und Schrecken brüllten, eine verletzte Frau und Menschen, die sich immer wieder in die Trümmer stürzten, nach einem Verwandten riefen oder ihr verlorenes Hab und Gut beklagten, aber am meisten hatte mich der Anblick des brennenden Hauses selbst geschmerzt, das Stein um Stein unter der Folter starb. Plötzlich hatte ich Angst um das Haus an der Via dei Tre Mori, ich hatte es auf einmal wieder gern und konnte es kaum erwarten, es heil wiederzusehen, so wie ich es kurz zuvor verlassen hatte. Mein Vater ging schweigend neben mir her, hin und wieder strich er mir über Kopf und Schultern. An der Tür erwarteten uns die Mutter und die Großmutter. Sie brachten mich auf mein Zimmer und bevor sie mich alleinließen, küßten sie mich. Es war schon lange nicht mehr vorgekommen, daß sie mich vor dem Einschlafen küßten. Ich war ruhig. Das Unglück, das ich mitangesehen hatte, hatte mich mit allem versöhnt. Niemandem konnte etwas wirklich Schlimmes zustoßen, solange man mit der Hilfe so vieler Menschen rechnen konnte und so viele Menschen ihrerseits bereit waren, sich für uns zu opfern. Die Tage schienen mir in ferner Vergangenheit zu liegen, als womöglich einer der Männer, die ich heute ängstlich im Kreis um das brennende Haus hatte stehen sehen, in den Feldern am Fluß Obst gestohlen und die Pflanzungen verwüstet hatte. Wenn es ein Erdbeben geben sollte, dann würden uns Kinder aus anderen Städten ihre Kleider schicken und uns in ihren Häuser aufnehmen. Dies schien mir der richtige Augenblick für die Rückkehr des Großvaters zu sein, und dieser Gedanke erfüllte mich mit süßem Staunen. Ich würde ihm schreiben, er solle sofort zurückkommen. Ich stieg aus dem Bett und ging ins Arbeitszimmer. Ich nahm Papier und Füllfeder. Wie zuerst, als ich vor meinem Vater stand, hatte ich auch jetzt das Gefühl, ich müsse gleich zu Beginn des Briefes dem Großvater erklären, was für eine bedeutende Persönlichkeit er sei und worin die Bedeutung unserer geheimen Beziehung bestehe. Bei dem Vorhaben, dem Großvater zu schreiben und ausgerechnet ihm von der Dürre und dem Gut zu erzählen, spürte ich jedoch eine qualvolle Befangenheit. Gleichzeitig war ich jedoch davon überzeugt, daß ich es tun mußte und ihm von dem Brand und der Veränderung, die nicht nur mit meinen Eltern und der Großmutter, sondern mit allen Stadtbewohnern vorgegangen war, erzählen mußte, denn sonst hätte er nicht verstanden, daß dies der richtige Augenblick für seine Rückkehr war. Wie sonst sollte ich ihn seinen Verwandten in Palermo entreißen?

Ich kämpfte lange gegen meine Schüchternheit an und konnte dennoch nicht schreiben. Also legte ich Füllfeder und Papier wieder sorgfältig an ihren Platz zurück und ging wieder ins Bett. Es bekümmerte mich nicht, daß der Versuch gescheitert war. Unten auf der Straße hörte ich die Jungen schreien, die erst jetzt von der Brandstätte zurückkamen, und die Gespräche unserer Nachbarn, die sich über das abgebrannte Haus an der Via dei Campi unterhielten. Ich war eigenartig ruhig, als hätte ich jede Unruhe auf immer und ewig aus mir verbannt. Ich trat ans Fenster. Der Himmel war klar, aber so weich und mild, als würde schon der Morgen anbrechen. Plötzlich verspürte ich die Hoffnung, daß ich am nächsten Morgen die Pflanzen im Garten und draußen auf dem weiten Land so feucht und grün wiedersehen würde, wie sie früher einmal gewesen waren.

Als der Großvater starb, wußte ich noch nicht, daß wir verarmt waren. Wir besaßen zwar noch immer das Haus, in dem wir wohnten, und außerdem ein zweites, kleines und graues, und ich dachte, daß sich in unserem Leben kaum etwas verändert hätte. Nach der Dürre, die die Felder rund um die Stadt zerstört und die Landbesitzer, die inzwischen völlig verarmt waren, an den Rand der Verzweiflung getrieben hatte, verkaufte der Großvater das Gut, da ihn die Vorwürfe der Großmutter, des Vaters und der Mutter bedrückten und er sich ihrem Willen nicht länger widersetzen konnte, fast als hätte er plötzlich seine Fehler erkannt und wollte auf immer und ewig die Möglichkeit ausschließen, weitere zu begehen. Aber kaum waren ein paar Tage vergangen, hatte sich sein Widerstand ein letztes Mal geregt, und mit einem Teil des Geldes, das ihm der Verkauf des Gutes eingebracht hatte, kaufte er das kleine graue Haus am Stadtrand, ohne der Großmutter und den anderen ein Wort zu sagen. Die Häuser dort draußen waren alle recht unscheinbar, obwohl einige von ihnen wie die der Bauern rosa oder hellblau gestrichen waren und grüne Fenster hatten, denn sie waren von Gärten voll üppig wuchernder Pflanzen und Blumen umgeben, und die Zweige der Bäume reichten bis an die Fassaden und Dächer heran, so daß sie sich zuweilen vor den Blicken der Passanten hinter dichten grünen Wänden verbargen. Die Straße, die zu unserem neuen Haus führte, war aus gelbem Tuffstein, der im Winter weich und dunkel und im Sommer hell und gläsern war. Im Winter dämpfte er Stimmen und Geräusche, im Sommer verlieh er ihnen einen warmen und vollen Klang. Einige Wochen lang kümmerte sich der Großvater um das graue Haus, er ließ das Haustor, die Fensterläden und das Dach reparieren, und in zwei Zimmern wurde der Fliesenboden neu verlegt, dann sah er sich in der Umgebung nach einem Garten oder einem Grundstück um, das er kaufen wollte, um darin seltene Blumen und exotische Früchte zupflanzen. Auf diese Weise gedachte er den Verlust wiedergutzumachen, den er durch den Verkauf des Gutes erlitten hatte. Aber keiner der Landbesitzer in der Umgebung des Hauses wollte auch nur ein winziges Stück Land abtreten. Da vermietete der Großvater das kleine graue Haus an einen Mann, der zahlreiche Gärten und Pflanzungen besaß und der Blumen und Früchte in ferne

Länder exportierte; und nun begann sich der Großvater wieder für das Haus zu interessieren, in dem wir wohnten, und er erinnerte sich an sein altes Vorhaben, es schöner und gemütlicher zu gestalten. Als seine Pläne schließlich so weit gingen, auf dem Dach eine Terrasse zu bauen, drohten ihm die Großmutter und mein Vater, ihn entmündigen zu lassen. Es war ihm jedoch noch gelungen, zwei Zimmer zu verschönern, er hatte sie mit roten Tapeten mit dunklem Blumenmuster auskleiden lassen und sie mit gleichfarbigen Vorhängen geschmückt. Dann hatte ihn wieder eine schwere und düstere Trägheit überkommen, aus der er nur erwachte, um am Morgen aufmerksam die Zeitung zu lesen. Stundenlang saß er in der Küche oder im Wohnzimmer, in den Ecken des Zimmers, neben dem Tisch, mitten im Zimmer, mit stets gefalteten Händen, wobei jedoch die beiden Daumen unablässig umeinander kreisten. Die Mutter und die Großmutter rempelten ihn an, schrien ihn an, er solle aufstehen, weil sie den Boden aufwischen oder den Tisch für das Mittag- oder Abendessen decken mußten, und sie machten ihm Vorwürfe, weil er auf den Boden spuckte. Sie bügelten ihm die Hose nicht mehr, die er schüchtern über die Rückenlehne eines Küchenstuhls hängte, sie rissen ihm das Hemd aus der Hand, wenn er verlangte, daß sie ihm einen Knopf annähten. Wenn er sich setzte und den Kopf zwischen den Schultern einzog, dann sprengte sein kräftiger Nakken oft den Kragen seiner alten und zerschlissenen Hemden, und ein Knopf sprang ab. Eines Tages, nach einem wütenden Streit mit der Großmutter, als der Großvater merkte, daß er in seinem eigenen Haus kaum mehr gelitten war, schüttelte er seine Apathie ab. Von nun an stand er früh am Morgen auf, plättete zwei- oder dreimal in der Woche notdürftig seine Hose, indem er sie über die Rückenlehne eines Stuhles legte und glattzog, er nähte den Knopf an seinem Hemd an, sofern meine Mutter das nicht heimlich für ihn erledigte, ohne daß die Großmutter es merkte, und dann verließ er das Haus, um erst zum Mittag- oder zum Abendessen zurückzukommen. Er begab sich in die Straße, in der sich fast alle Hotels der Stadt befanden, und wo er viele Jahre lang gearbeitet hatte, er machte einen langen Spaziergang über den großen Marktplatz und setzte sich dann ins Café, wo er sich mit seinen zahlreichen Bekannten über den Zustrom der Fremden, über den Stand der Ernte, über den Weizen- und Maispreis unterhielt. Er konnte auf den ersten Blick feststellen, ob die Orangen an den Ständen der Obstverkäufer aus Sizilien oder aus Kalabrien stammten.

Ich hatte ihn begleitet, als er das graue Haus kaufte, ich war bei den Restaurierungsarbeiten dabeigewesen und bei seiner Suche nach einem Garten, in dem er die neuen Pflanzen anbauen wollte, von denen er hoffte, sie in unserer Stadt bekanntmachen zu können. Mit großer Begeisterung, die mich die Spaziergänge auf dem Land und den Verlust des Gutes vergessen ließ und mich in jene Tage zurückversetzte, als der Großvater noch im Hotel arbeitete, und die den Beginn unserer Freundschaft besiegelt hatten, sah ich dem Maurer zu, wie er die rote Tapete an die Zimmerwände unseres Hauses klebte, unterhielt ich mich mit ihm über die Terrasse, die wir auf dem Dach bauen wollten. Aber seitdem das Verhältnis zwischen dem Großvater und der Großmutter und meinen Eltern so abgekühlt war wie noch nie zuvor, nahm mich der Großvater, unter dem Vorwand, ich sei inzwischen erwachsener geworden und müsse studieren, nicht mehr mit, wenn er das Haus verließ, und zu Hause würdigte er mich kaum eines Blickes. Hin und wieder folgte ich ihm in einiger Entfernung bis in die Straße mit den Hotels, ich folgte ihm auf seinen Streifzügen über den Marktplatz und ins Café, und ich war eifersüchtig auf die Menschen, mit denen er sich unterhielt und denen er gewiß erzählte, was er früher einzig und allein mir anvertraut hatte. Um seine Freundschaft wiederzugewinnen, bat ich ihn eines Tages, einen Blick auf unser ehemaliges Gut zu werfen, in der heimlichen Hoffnung, wir würden wie früher auf den Straßen über die Hügel wandern, Wiesen, Felder und Täler durchqueren, zwischen den unruhigen Büschen spielen und dabei die gemeinsamen Gewohnheiten wiederentdecken; er hatte mich jedoch nur voller Zorn angeblickt und mir gesagt, daß er nie wieder einen Fuß vor die Stadt setzen würde. Er schimpfte über die Menschen auf dem Land, die er früher einmal so sehr geliebt hatte, und bezeichnete sie als sorglos und unfähig, als Betrüger und Diebe. Und er fügte hinzu, er fände es unerträglich, wenn jemand angesichts der gelben Felder und der grünen Wälder ins Schwärmen geriete. Mir schien, als verbargen sich hinter seiner Weigerung und seinen Worten offene Anklagen und Verachtung auch mir gegenüber. Von nun an nahmen die freundschaftlichen Gefühle, die ich für ihn empfand, immer mehr ab, bis sie eines Tages völlig verschwunden waren, auch wenn mich sein kühner, unberechenbarer Charakter noch immer faszinierte.

Diesen Oktober – und seit dem Verkauf des Gutes waren bereits ein Schuljahr und die großen Ferien vergangen – begann ich das Gymnasium zu besuchen. Es war eine alte Privatschule, die in der ganzen Region großes Ansehen genoß, eine seriöse Schule, wo man jedes Jahr die Prüfungen vor den Professoren und einem Kommissar ablegen mußte, der aus einer anderen Stadt kam und Vorsitzender der Prüfungskommission war. In den ersten Tagen, als wir noch auf unsere Schulbücher warteten, hatten wir am Vormittag nur ein oder zwei Stunden Unterricht.

Nachdem ich in der Buchhandlung gewesen war, um Hefte und die Bücher zu kaufen, die dort nach und nach eintrafen, verbrachte ich den Rest des Tages in meinem Zimmer, wo ich die Buchseiten aufschnitt, und die Zeilen, die uns die Professoren in den wenigen Unterrichtsstunden diktiert hatten, mehrere Male abschrieb, so beeindruckt war ich von der neuen Schule. In diesem Oktober, der eben erst begonnen hatte, war es warm und die Luft war kristallklar, und in den Gärten, auf den Plätzen und im Park war noch kein Blatt von den Bäumen gefallen. Als ich die Seiten des Buches mit den geometrischen Figuren fertig aufgeschnitten hatte, meinen kleinen Schreibtisch aufgeräumt und ein letztes Mal Bleistifte und Löschpapier und die Hefte für die kommenden Monate durchgezählt hatte, hörte ich mit einem Schlag auf, an die Schule und an die neuen Lehrer zu denken, an die neuen Schulgefährten und -gefährtinnen. Ich überließ mich einen Augenblick lang meinen Gefühlen und blickte aus dem Fenster, und es überkam mich wieder die Erinnerung an das Land, das für mich nach wie vor – und vor allem in diesen Augenblicken – das Großartigste war, was Gott je geschaffen hatte. Als ich eines Tages die unverwechselbaren Erinnerungen nicht mehr abwehren konnte, schlich ich mich heimlich aus dem Haus und lief an den Stadtrand, wo der Großvater das graue Haus gekauft hatte. Ich war an Gärten und Wiesen vorbeigerannt und hatte nun den Rand der Felder erreicht. Doch plötzlich konnte ich nicht mehr weitergehen, und ich spürte, daß sich der Verlust des Gutes und der Freundschaft mit dem Großvater wie ein unüberwindbares Hindernis zwischen mich und das Land stellte. An einem Nachmittag im Frühling kehrte ich dann dorthin zurück: Wir hatten schulfrei, und es wollte mir einfach nicht gelingen, die Wälder und Wiesen, die Bauernhäuser und Villen und die Bäume am Fluß zu vergessen. Ich wußte zwar, daß es rund um das Haus kein Dornengestrüpp gab, aus dem der Kopf einer Schlange hätte ragen können, keine Stoppelfelder, aus denen Rebhühner und Wachteln aufflogen, keinen Graben voller Frösche und Flußkrebse, die sich durch eine Fata Morgana am grenzenlosen Himmel oder in den weiten Ebenen voller rötlichgelber, menschenleerer Felder in eine Giftschlange hätten verwandeln können, in einen Dschungel voller bunter Vögel oder in einen trägen Fluß, der gefährlich und heimtückisch war, weil sich unter seiner scheinbar ruhigen Oberfläche die schlauesten und wildesten Tiere verbergen konnten. Dennoch hatten die Gärten an diesem Tag die quälende Sehnsucht stillen können, die nicht mehr von mir gewichen war, seitdem mich die Pflanzen in der Stadt von den größeren und großartigeren Veränderungen in Kenntnis gesetzt hatten, die draußen auf dem Land mit den dunklen Wäl-

dern und den klaren Tälern vor sich gingen. Von der Tuffstein-
straße, an der sich das graue Haus befand, zweigten links und
rechts viele kleine Straßen ab. Auf einigen von ihnen war ich bereits spazierengegangen. Sie wurden von Weißdornhecken oder
von niedrigen, verfallenen Mäuerchen gesäumt, auf denen Efeu
oder fettes, sauberes Gras wuchs; sie kreuzten sich, zogen große
Schleifen und kreuzten sich aufs neue. Hinter den Hecken und
Mäuerchen gossen Männer und Frauen die Pflanzen, wozu sie
Wasser aus klaren, gleichförmigen Gräben schöpften, sie ernteten
Gemüse und pflückten Blumen. In den Gärten stand eine Vielfalt
von Bäumen: Mandel-, Pfirsich- und Kirschbäume, Akazien-
und Lorbeerbäume, Eichen und Buchen, die so hoch waren wie
die Bäume in den Wäldern. Von nun an wanderte ich oft an den
Stadtrand hinaus, und meine Seele fand dort immer die Ruhe,
derer sie so sehr bedurfte. Die Pflanzen ringsherum waren durch
Hecken und Mäuerchen, durch Abwasserkanäle und Wiesen, auf
denen es in allen Farben blühte, vom offenen Land getrennt, und
dennoch paßten sie sich, kaum hatte ein Monat den anderen ab-
gelöst und besiegt, den Pflanzen draußen auf den Feldern und in
den Wäldern an, erhöhten die Leuchtkraft ihrer Farben, bis sie
den Himmel in Verlegenheit brachten, oder schwächten sie ab,
bis sie mit dem trüben Licht verschmolzen, das alles auf der Erde
gleichmachte. Und die rosafarbenen und hellblauen Häuser re-
flektierten das Licht, das sich von Stunde zu Stunde veränderte.
Ich betrachtete die Gruppen der Kirsch- und Pfirsichbäume, und
die selteneren der Mandelbäume, ich betrachtete die Häuser: Es
war gerade die Jahreszeit, in der sich die Landschaft, vor allem
den Gräben entlang, am Fluß und in den Wäldern, mit grünem
Laub bedeckte. Ich machte mir einen Spaß daraus, die Häuser
hier mit jenen in den Hügeln zu vergleichen, die Orte draußen
auf dem Land mit den Obst- und Gemüsegärten hier. Zwischen
den Bäumen am Fluß und den Wäldern befanden sich große
Zwischenräume, anmutige Lichtungen, wo sich einem kein Hindernis in den Weg stellte und wo die Suche nach den wenigen wilden Blumen den Geschmack eines schweißtreibenden Abenteuers
annahm; die Pflanzen in den Gemüse- und Blumengärten hingegen wuchsen in allzu gleichförmigen Beeten oder in Glashäusern,
die nicht die geringste Überraschung bereithielten. Das offene
Land ging aus diesen Vergleichen immer als Sieger hervor. Und
dennoch wäre ich auch mit den Gärten rund um das graue Haus
zufrieden gewesen, wenn ich nur meine Schulfreundinnen hätte
hierher führen können: Sie, und vor allem jene unter ihnen, die
zwar nicht die schönsten, dafür aber die freundlichsten waren
und sich von unserer jungenhaften Großmäuligkeit am meisten
beeindrucken ließen, waren die angenehmste Überraschung ge-

wesen, die das Gymnasium bereithielt. Ich wäre mit ihnen auf den kleinen Straßen spazierengegangen und hätte ihnen alles erzählt, was ich über Felder und Wälder wußte. Ich fand jedoch nie den Mut, eine Klassenkameradin aufzufordern, mich an den Stadtrand zu begleiten, und so war ich immer mit meinen Gedanken allein, von denen mich nichts abzulenken vermochte, nicht einmal der kleine Sportplatz, der auf meinem Heimweg lag, und auf dem sich eine Horde Jungens, ein hartes Fußballspiel lieferte.

Im Lauf der Zeit, als es Winter wurde und mich die Schule mehr beanspruchte, gab ich meine Spaziergänge an den Stadtrand auf. Wenn ich nun vom Klassenzimmer aus die Bäume im Hof betrachtete oder zu Hause in meinem Zimmer vor dem Fenster saß, das auf den Garten blickte, dachte ich an die Bäume und Sträucher am Stadtrand, aber ohne Begeisterung. Es regnete oft, in den Beeten standen keine Blumen mehr, und die Glashäuser waren abgedeckt. Inzwischen wunderte es mich sogar, daß das bescheidene graue Haus das Ziel meiner Spaziergänge gewesen sein sollte, und ich liebte es nicht mehr.

Stattdessen liebte ich das Haus, in dem ich wohnte, ich liebte es, weil es mir gehörte und weil es mir ein Gefühl von Wohlstand und von Vollständigkeit gab. Wahrscheinlich war dieses Haus viel mehr als die Felder und Wälder die wahre Lehrmeisterin meiner Kindheit gewesen, es hatte zärtlich viele leere Stunden ausgefüllt, bevor sie ein Opfer meiner Traurigkeit und der Gemeinheit der Menschen wurden, und es hatte viele Schmerzen von mir ferngehalten, indem es kühne Strategien erfand, die ich stets verstand und bewunderte: Einmal hatte es vorgetäuscht, sich aufgrund eines Brandes in Gefahr zu befinden, dann wieder offenbarte es mir seine heimlichen, überraschenden Fähigkeiten oder es ließ mich in einer Abstellkamer ein Buch oder einen alten Stich finden, die mich in eine verzauberte Welt entführten. Gewiß hatte der Großvater diese Liebe in mir geweckt. Er mit seiner eigenartigen Ruhelosigkeit, er, der vor allem in den ersten Monaten unseres Hierseins ständig die Möbel verrückt und dann in den letzten Wochen seines Lebens die Tapeten ausgewechselt hatte, er hatte in mir zuerst die Ahnung und dann die Überzeugung reifen lassen, daß das Haus kein gleichbleibendes und einengendes Gut war, wie es die Meinen gerne gewollt hätten, sondern etwas, was man entsprechend seiner innersten, wechselnden Gefühle stets verändern konnte. Und damit hatte mir der Großvater das Bewußtsein geschenkt, reich zu sein, viel reicher als ich in Wirklichkeit war. Jedes Jahr vor Winterbeginn füllte er den Dachboden mit Nüssen und Kastanien, über die er eine dünne Schicht Sand streute, mit Äpfeln und Birnen, die er auf einer hellen, trockenen

Strohschicht ausbreitete; im Keller lagerte er Käselaibe ein, die er
mit Olivenöl einrieb und mit gesiebter Asche bestreute; in einem
gut durchlüfteten Raum im ersten Stock bewahrte er Schinken
auf, den er ganz frisch kaufte, damit er dann einen umso intensi-
veren Geschmack annahm; Käse und Schinken bestellte er bei
den Bauern in den Hügeln, Pfirsiche und Äpfel kaufte er bei jenen, die ihre Felder am Fluß besaßen, und Nüsse und Kastanien
erstand er bei Händlern, die sie aus Gegenden kommen ließen,
wo sie am schmackhaftesten waren. Nach dem Verlust des Gutes
kaufte der Großvater Schinken und Käse bei einem Freund, einem kleinen, rundlichen Mann. Dies war, aufgrund der im Hotel
erworbenen Fähigkeiten, die einzige Aufgabe, mit der man ihn
zu Hause noch betraute. Der Freund des Großvaters besaß ein
kleines Lebensmittelgeschäft in einer engen, abschüssigen Straße,
die in der Altstadt zwischen großen Stadtpalästen lag. Der Mann
war ein Lieferant des Großvaters gewesen, als dieser noch das
Hotel führte, und er war in der ganzen Provinz als Experte für
Käse und Würste bekannt. Er und der Großvater schätzten einander sehr, und wenn sie sich trafen, rühmten sie sich, in ihrem
Leben nie etwas Falsches gekauft zu haben. Ich begleitete den
Großvater immer, wenn er den Lebensmittelhändler besuchte:
nachdem er sich geweigert hatte, mit mir aufs Land zu gehen, waren dies die einzigen Gelegenheiten, bei denen wir gemeinsam
das Haus verließen. Ich half ihm beim Einkaufen, ich hielt die
Pakete, ich hörte zu, wenn er und der Lebensmittelhändler sich
unterhielten, der uns stets aufs neue erzählte, daß er reiche Herrschaften in fernen Städten beliefere, Feinschmecker, die die Produkte unseres Landes liebten. Wenn wir wieder zu Hause waren,
tat ich, sofern ich danach gefragt wurde, meine Meinung kund,
ich hielt die Käselaibe, während der Großvater sie mit Öl einrieb, und die Schinken, während er sie salzte und pfefferte, ich
putzte mit einem Lappen Kastanien, Äpfel und Birnen, bevor sie
auf dem Dachboden verstaut wurden. Die Gespräche des Lebens-
mittelhändlers und meines Großvaters stießen meiner Phantasie
das Tor zu einer unendlich weiten Welt auf. Sie lieferten den Stoff
für meine Vorstellungen vom Winter und für die Träume, mit denen ich diese strenge, aber zauberhafte Jahreszeit umgab: Und
bald wünschte ich mir, in einem ewigen Winter zu leben, in einer
der Städte, die eigens für den Winter gebaut worden waren, wie
Moskau oder Warschau, mit Brücken, Straßen und Plätzen, auf
denen monatelang Schnee lag und über die Menschen in dicken
Pelzmänteln gingen und Tag und Nacht in Schlitten fuhren; und
unter den Menschen befanden sich viele Soldaten, mutige, gut-
mütige und freundliche Soldaten, die ebenfalls eigens für den
Winter geschaffen worden waren und alle Augenblicke Kinder

und Frauen aus Schlitten retteten, aus einem Spalt, der sich unvermutet in der Eisdecke eines Flusses aufgetan hatte. Ich wartete gespannt auf den Winter, bereit, bei den ersten heftigen Regenfällen und bei den ersten Nebeleinbrüchen, die die Tage gleichförmig werden ließen, die Trauer um die sterbende Natur und den Schmerz um zerstörte Gärten und Parks zurückzuweisen. Jeden Augenblick rief ich mir aufs neue in Erinnerung, daß nun die feuchte und kalte Jahreszeit begann, daß ich sie jedoch, anders als der Großteil meiner Bekannten, nicht als Strafe betrachten sollte, und daß ich mich ihr nicht völlig ausliefern durfte wie die anderen, bis sie selbst bleiern und zerfasert waren wie der Himmel über der Stadt. Wenn der erste Schnee fiel, veränderten sich die Farben der Straßen und der Häuser, Sonne und Licht kehrten an den Himmel zurück, und meine melancholischen Stimmungen nahmen ab. Das war das sichtbare Zeichen meines Triumphs über mich und die anderen. Ich war glücklich über den ersten Schnee, und diese spezielle Glückseligkeit war die beste Voraussetzung dafür, mich ganz meinen Phantasien zu überlassen.

Ich gab der Stadt eine neue Ordnung: Die Häuser vieler Viertel baute ich aus Holz neu auf, auf die Kirchen setzte ich glänzende grüne Kuppeln aus Kupfer und Majolika, ich verbreitete das Flußbett, vergrößerte die Plätze, zog neue Straßen, bis ich ein Netz aus Straßen, Plätzen und Brücken geschaffen hatte, das meiner Vorstellung von Moskau und Warschau völlig entsprach. Bei dieser Arbeit konnte ich nur auf zwei Namen zurückgreifen, auf die erstbesten, die ich gefunden hatte: Kozuchovo und Izabelin, wovon der erste aus einem Moskauer und der zweite aus einem Warschauer Stadtplan stammte; und auch sie wurden bald so vage und unbestimmt, daß ich nicht mehr wußte, ob sie zwei Vorstädte bezeichneten, zwei Flüsse oder zwei Straßen. Die Namensgebung war mir von Anfang an als unumgängliche Notwendigkeit erschienen, um Straßen, Brücken und Plätze anordnen zu können; und ich hatte versucht, mir mehr Wissen anzueignen, um mir mein Leben in diesen fernen Ländern besser vorstellen und ausmalen zu können, wobei ich mir immer abenteuerlichere Geschichten ausdachte. Sobald ich auf eine interessante Beschreibung stieß, ließ ich mich jedoch von der Begeisterung fortreißen, und ich baute neue Städte, die noch schöner waren als Warschau und Moskau, jedoch einen Augenblick später nicht mehr zu gebrauchen waren, weil sie mir fremd wurden. Deshalb schloß ich die Namen Kozuchovo und Izabelin ins Herz. Kaum hatte ich letzte Hand angelegt, benannte ich jede Straße und jeden Platz nach ihnen, ohne zu fürchten, bei meinen Spaziergängen durch Moskau oder Warschau ein großes Durcheinander vorzufinden, denn ich wußte sehr gut, wo ich die erste, die zweite oder die dritte Kozuchovo- oder Izabelinstraße angelegt hatte. Elegante Herren und anmutige Damen gingen in dieser Stadt spazieren, viele junge Leute und Kinder, und ich war mitten unter ihnen. Damit diese Städte entstanden, wuchsen und gedeihten, damit ihre Einwohner leben, herumspazieren und sich vergnügen konnten, und damit ich meinen Phantasien bis zum Winterende nachhängen konnte, mußten jedoch auch die Häuser wie das meine vom Dachboden bis zum Keller mit Obst, Käse und Schinken gefüllt sein. Wohlstand war damals die einzige Voraussetzung, unter der ich mir das Leben der Menschen vorstellen konnte, selbst das in meiner Phantasie.

Nachdem der Großvater das Gut verkauft hatte, verlieh der Winter dem Rest des Jahres Substanz und Geschmack. Die anderen Jahreszeiten waren ungreifbar und flüchtig geworden, seitdem ich sie nicht mehr auf dem Land genießen konnte, dem einzigen Ort, wo sie sich in ihrem ganzen Ausmaß zeigten, und sie waren mir nur mehr ein schwacher Trost. Im Frühling, im Sommer und im Herbst nahm die Lust am Besitz des Hauses ab, denn im Winter hatte ich von seinen geheimen Schönheiten allzusehr Gebrauch gemacht, hatte die Empfindungen, die sie in mir auslösten, allzusehr genossen. Inzwischen betrachtete ich das Haus mit anderen Augen, und zwischen meinem Blick und meiner Seele bestand nur eine vage Verbindung, denn langsam befreite ich mich aus dem verzückten Zustand, in den mich die Errichtung von Moskau und Warschau und das turbulente Leben, das in diesen Städten herrschte, versetzt hatte; mit dem Zuendegehen des Winters nahmen auch diese Empfindungen ab und verschwanden schließlich völlig, als der Winter endgültig vorbei war. Als dann ein neuer Winter nahte, erwachte das Haus jedoch wieder aus seinem Dämmerzustand, in den es zuerst der Sommer und dann der Herbst versetzt hatte, es wurde gleichzeitig anmutiger und kräftiger, und ich beobachtete glücklich seine Verwandlung: Die Zimmer – die Küche mit dem Herd und dem großen Kamin, das Wohnzimmer mit den beiden Kredenzen, die Schlafzimmer mit den Messingbetten und den wollenen Decken – erlangten ihre wahre Bedeutung zurück. Am liebsten hätte ich das Haus nie wieder verlassen. Im Winter ging ich meinen Schulkameraden so gut wie möglich aus dem Weg, ich wollte nicht, daß sie mich besuchten, ich wollte alle Tage für mich haben. Im Frühling darauf begannen mir jedoch plötzlich die hellen, leichten, mit Blumen bestickten Kleider meiner Klassenkameradinnen zu gefallen, die ein wenig vom hellen Licht der Gärten und des Parks in die Zimmer brachten. Ich war inzwischen ein guter Schüler geworden, und meine Klassenkameradinnen kamen zu mir nach Hause, um mit mir die Aufgaben zu machen; sie waren sehr freundlich, und sie machten meiner Mutter, meiner Großmutter und auch mir Komplimente wegen der neuen Möbel und Dinge, die sie bei allen ihren Besuchen entdeckten. Ihrem Blick entging nichts, weder die bestickte Serviette, noch die Tonkrüge, die der Großvater aus einem Dorf in der Umgebung mitgebracht hatte, wohin er immer zur Kur fuhr. Sie sprachen über diese Dinge mit solcher Sicherheit, daß ich mich ganz befangen fühlte. In der Schule waren sie schüchtern und unsicher und brauchten immer Ratschläge und Zustimmung, hier im Wohnzimmer hingegen nahmen sie es mit meiner Mutter auf, wenn es um das Geheimnis einer Stickerei ging, sie wußten über alle Veränderungen Bescheid, die ein Stich im Lauf der Zeit durchmachen konnte. Meine Mutter bot ihnen Tee an, und sie unterhielten sich über Kleider und Möbel, über unsere Lehrer und über alle Verlobungen und Ehen, die in der Stadt bekanntgegeben wurden.

Als der Großvater starb, lag der Verkauf des Gutes mehr als zwei Jahre zurück, und es wurde gerade wieder Frühling. Inzwischen rief der Winter nur mehr ein ganz schwaches Echo in mir hervor, ein viel schwächeres als in den vergangenen Jahren, obwohl es ein wunderbarer, wenn auch kurzer Winter gewesen war: Es hatte nur wenige Regenfälle gegeben, dafür aber jede Menge Schnee und Eis auf den Straßen, auf den Brunnen des Parks und auf dem Fluß, und meine Städte waren noch nie so reichhaltig und lebendig gewesen. Aber inzwischen dachte ich kaum mehr an den Winter, vielleicht, weil ich ihn allzusehr genossen hatte, oder vielleicht auch, weil sich der Frühling verfrüht mit strahlender Sonne und milden Temperaturen angemeldet hatte. Die Pflanzen im Garten und die Linden und Platanen im Park waren ungewöhnlich schnell grün geworden, und meine Klassenkameradinnen waren so anziehend und lebhaft wie nie zuvor, in ihren leichten langen Kleidern, die sie in diesen ersten Apriltagen trugen.

Plötzlich wurde mir bewußt, wie sehr ich mir wünschte – und noch nie zuvor hatte ich mir das gewünscht – daß sich die Gärten rund um das graue Haus, das ich inzwischen aufgegeben hatte, mit Blumen bedeckten. Da ich das Land und die vergangenen Jahre vergessen hatte, versuchte ich mit allen Mitteln zu erraten, wann die Blütezeit beginnen würde. Als der Großvater starb, war, einmal abgesehen von diesem Bedürfnis nach Blumen, in meinem Leben noch alles beim alten gewesen: der Wohlstand meiner Familie, dem der Verkauf des Gutes offenbar keinen Abbruch getan hatte, der eben vergangene Winter, die Blütenpracht des unerwarteten, überraschenden Frühlings, den es Tag um Tag zu genießen galt, und dann der kommenende Sommer, der Herbst und der Winter, meine Gefühle und Gedanken, die zwar hin und wieder aus der Bahn geworfen wurden, sich jedoch im wesentlichen nach den Jahreszeiten richteten, einem ihnen entsprechenden Rhythmus folgend.

Eine Zeitlang hatten die Großmutter und die Mutter ein paar alte Anzüge des Großvaters und des Vaters umgearbeitet, der eine einträglichere Arbeit in einer anderen Stadt gefunden hatte, ohne daß mir jemand den wahren Grund für sein Weggehen nannte, und ihre Beschäftigung erschien mir als nichts Besonderes. Eines Abends trat die Großmutter jedoch mit einem großen Wollknäuel und Stricknadeln ins Wohnzimmer und sagte zu meiner Mutter: »Nie hätte ich gedacht, daß ich auf meine alten Tage noch einmal arbeiten muß.« Und meine Mutter antwortete ihr: »Sei still«, und bedeutete ihr mit der Hand, sie solle schweigen. Die Großmutter lächelte betrübt und setzte sich auf die Stuhlkante, damit sie mehr Bewegungsfreiheit für die Stricknadeln unter ihren Achseln hatte. Seitdem der Großvater gestorben war und der Vater auswärts arbeitete, hatte ich mich so daran gewöhnt, am Abend mit den beiden im Wohnzimmer zu sitzen, daß ich auf sie wartete, bevor ich mit den Hausaufgaben für den nächsten Tag begann. Sie lenkten mich nicht von meinen Heften und Büchern ab, und hin und wieder sah ich auf und begegnete dem zärtlichen Blick, den meine Mutter immer wieder auf mich richtete und dessen genauen Zeitpunkt ich stets erriet. Ich las einen Satz und dann den Beginn des nächsten Satzes, um die Stelle nicht zu verlieren, und ich versuchte mich zu konzentrieren, während meine Gedanken abschweiften und den Grund für die hartnäckigen Blicke meiner Mutter zu erraten versuchten. Vielleicht zum ersten Mal seit meiner Geburt war ich derart innig mit meiner Mutter verbunden, auch wenn ich nicht wußte, aus welchem Grund wir einander plötzlich so nahe waren. Aber meine Schüchternheit hielt mich davon ab, ihren Blick zu erwidern und ihr Fragen zu stellen. Und diese Stunden hinterließen auch keine Spur in den Nächten und in den Augenblicken des Erwachens. Ich wartete einfach darauf, daß unser neues Leben ohne Großvater und ohne meinen Vater eine Form annahm, die unserem Haus, der Schule, meinen Klassenkameradinnen, meinen Städten und uns selbst am besten entsprach.

Die Beschäftigung und die Worte der Großmutter verwunderten mich, und ich suchte eine Erklärung in den Augen meiner Mutter. Sie hielt jedoch den Kopf gesenkt und betrachtete traurig ihre Hände, die mit der Handfläche nach oben im Schoß lagen. Die Großmutter sah mich unentschlossen an und rutschte auf dem Stuhl hin und her. Sie lächelte, und mit diesem angespannten Lächeln auf den Lippen wartete sie umsonst, daß die Mutter den Kopf hob. Jetzt erfüllte sich ihr Gesicht mit Schmerz.

Als sich auf den Gesichtern der Mutter und der Großmutter plötzlich so deutliche Gefühle zeigten, deren Ursache für mich jedoch genauso geheimnisvoll war wie die der zärtlichen Blicke, die mir meine Mutter viele Abende lang, noch bis vor wenigen Minuten, zugeworfen hatte, begannen vor meinen Augen dunkle Schleier zu wehen, die ich nicht zu durchdringen vermochte. Plötzlich wurde ich ganz ruhig. Ich blieb auf meinem Platz sitzen und genoß das Gefühl, daß die Mutter und die Großmutter ein Geheimnis hatten, von dem ich ausgeschlossen war. Die Mutter seufzte, sie schien plötzlich heiterer geworden zu sein, und ich sah, wie die Großmutter rasch weiterarbeitete und bei den ersten Maschen sogar lächelte. Ich fuhr mit meinen Hausaufgaben fort, und ich spürte mit Erleichterung, daß ich nicht mehr ängstlich auf die undeutlichen, sorgenvollen Stimmen horchte, die ihre Worte und ihre Gesten in mir geweckt hatten. Als ich mit den Hausaufgaben fertig war, ging ich ruhig zu Bett; ich hatte meine Aufgaben wie immer gut gelernt, und das ließ mich voller Zuversicht an die kommenden Tage denken. Bevor ich mich niederlegte, trat ich ans Fenster, das auf den Garten blickte. Die grünen Bäume, der klare Sternenhimmel und die beinah sommerliche Luft erinnerten mich daran, daß es in zwei Monaten Sommer sein würde und daß dann die großen Ferien beginnen würden. In einer plötzlichen Anwandlung beschloß ich, einen Schlußstrich unter meine Vergangenheit zu ziehen und meine Schüchternheit aufzugeben: Von nun an würde ich wieder jeden Tag in die Gärten gehen, und zwar mit jener Klassenkameradin, die mir am besten gefiel; schon morgen Nachmittag würde ich meine Spaziergänge wieder aufnehmen, denn ich war überzeugt davon, daß viele Blumen rund um das graue Haus bereits aufgeblüht waren. Voller Sehnsucht dachte ich an die Häuser, die in niedrige Mäuerchen, in kleine Gäßchen und ins Grün der Wiesen und Gärten übergingen. In der Erinnerung schien mir dieser Ort eine große Anziehungskraft zu besitzen. Mit einem letzten bunten Aufleuchten in den Beeten und Glashäusern übergab hier die Stadt dem Land die Aufgabe, der Erde ein schönes und heiteres Aussehen zu verleihen, bis zu den Gärten der nächsten Stadt. Im Augenblick konnte ich mich kaum mehr an die Orte außerhalb der Stadt erinnern, die mir früher so vertraut gewesen waren; ich erinnerte mich kaum mehr an das, was ich bei den Spaziergängen mit dem Großvater gesehen hatte. Aber gerade die Nähe, die die rosaroten und blauen Häuser und auch das graue Haus an diesem Abend in meiner Phantasie zum Land besaßen, weckte meine Lust, in Gedanken die Mäuerchen und Gäßchen hinter dem Sportplatz zu überqueren, um die Felder und Wälder, die Straßen, Bauernhäuser und Villen wiederzufinden, um die Sehnsucht nach alten und neuen Begegnungen zu stillen, nach alten und neuen Abenteuern. Ich schlief erst spät ein, seltsam verwirrt und aufgeregt.

Als ich am Morgen aufwachte, war all das verschwunden; und die Sehnsucht, in die Gärten zu laufen, die ich am Abend zuvor verspürt hatte, die Bilder vom Land, die ich heraufbeschworen hatte, waren einem Knäuel schmerzhafter und düsterer Gedanken gewichen. Ich befand mich in einem schmucklosen Zimmer, und draußen hing ein dunkler und stürmischer Himmel über der Erde. Ich betrachtete die Bücher, die in dem kleinen Regal standen. Ich war von Schmerz erfüllt und eine Ewigkeit schien zwischen mir und der letzten Nacht zu liegen. Ich nahm meine Kleidungsstücke einzeln in die Hand und betrachtete sie. Ich trat ans Fenster, das auf den Garten blickte. Ich blätterte ein Buch durch und suchte die Lektion, die ich in Kürze in der Schule wiederholen mußte. Dann erinnerte ich mich plötzlich an die Ereignisse des letzten Abends: an meine traurige Mutter, an meine Großmutter, die ihre Arbeit in Angriff nahm und deren Bewegungen nichts anderes verbargen als Schmerz. Ich war sicher, daß irgendetwas Furchtbares in unserem Haus passiert war, und diese Gewißheit begann mit immer deutlicher werdenden Schlägen auf mich einzuhämmern und weckte ein dumpfes Echo der Angst. Ich hielt es nicht mehr allein im Zimmer aus. Ich suchte meine Mutter und bat sie, mir anzuvertrauen, warum sie und die Großmutter so traurig waren. Sie antwortete mir unwirsch, ich sollte mich um die Schule kümmern, aber als ich nicht aufhörte, ihr verzweifelte Fragen zu stellen, sagte sie, es sei tatsächlich etwas passiert, und sie würde mir alles nach dem Abendessen erklären. Ich verließ das Haus und ging zur Schule. Ich sah meine Klassenkameraden und -kameradinnen, wir gingen immer zu zweit oder in kleinen Gruppen zur Schule. Die Mädchen trugen ihre langen Kleider und gingen langsam. Aber ich wollte mich nicht zu ihnen gesellen. Während des ganzen Tages wies ich den Gedanken an Gärten und Wiesen weit von mir, der immer wieder zwischen den trüben Vorahnungen aufleuchtete, die von mir Besitz ergriffen hatten. Als wir am Abend im Wohnzimmer saßen, gab mir meine Mutter vorsichtig zu verstehen, daß sie dem Versprechen vom Vormittag kein allzu großes Gewicht beimaß, und immer, wenn ich sie anblickte und meine Sorge zum Ausdruck brachte, schüttelte sie den Kopf, um mir das Reden zu verbieten. Eine Zeitlang hielt ich diesen stummen Zweikampf aus, und meine Angriffe wurden immer kühner, aber als es mir nicht gelang, ihren Widerstand zu brechen, verlor ich jede Hoffnung, in meinem Schmerz getröstet zu werden. Ich begann zu weinen. Die Großmutter fragte mich, weshalb ich weinte, aber da ihre

Stimme vor Gemütsbewegung zitterte, nahm ich an, daß sie verstanden hatte, und es fiel mir leicht, sie heftig schluchzend zu bitten, sich mir anzuvertrauen und mir zu gestehen, warum sie so traurig war und arbeiten mußte. Die Großmutter antwortete nicht sofort. Nachdem sie lange nachgedacht hatte, sagte sie dann gelassen, der Großvater hätte sich in den letzten Jahren seines Lebens, als alle schon glaubten, er hätte das Interesse an Geschäften verloren, heimlich auf riskante Spekulationen eingelassen und dabei sein Vermögen fast gänzlich verloren. Das Haus am Stadtrand, inmitten der Gärten und Wiesen, das mir im Augenblick so schön erschien, viel schöner als die rosaroten und himmelblauen Häuser, war an den Mann verkauft worden, der es gemietet hatte, und auch unser Haus war von einer kleinen Hypothek belastet. Die Großmutter sagte entschlossen, sie habe mir deshalb nichts davon gesagt, weil sie mich so kurz vor den Prüfungen nicht habe beunruhigen wollen, und weil man Kinder in die Mißgeschicke der Erwachsenen nicht hineinziehen solle. Ich sah sie erstaunt und gedemütigt an. Ich hatte immer geglaubt, alles über den Großvater zu wissen, mehr als sie, die Mutter und der Vater. Sie hielt meinem Blick nicht stand, dessen Bedeutung sie ja nicht kannte, und so fügte sie entschuldigend hinzu, sie hätte angenommen, ich wüßte von unserem Unglück; in der Stadt wurde schon darüber getratscht, und man bedauerte uns. Ich fragte sie, ob auch meine Klassenkameradinnen davon wußten, und sie bejahte. Ich schob das Buch beiseite und legte den Kopf auf den Tisch. Die Großmutter stand auf, strich mir über den Kopf und sagte, ich solle nicht verzweifeln: mithilfe ihrer und der Mutter Arbeit und der Unterstützung des Vaters würden wir schon durchkommen, und vielleicht hätten wir schon in ein paar Jahren die Hypothek abbezahlt, die unser Haus belastete. Als ich den Kopf hob, sah ich, daß auch meine Mutter weinte.

Wir hatten alles verloren. Auch das Haus, in dem ich wohnte und das ich so liebte, gehörte nicht mehr zur Gänze uns, und ich hatte den Eindruck, daß man es uns von einem Augenblick zum anderen wegnehmen konnte. Plötzlich wurde mir klar, daß ich nie wieder sehen würde, wie im Keller, im Zimmer im ersten Stock und auf dem Dachboden Käse und Schinken, Kastanien und Äpfel eingelagert wurden. Moskau und Warschau waren auf immer und ewig unter dem Schnee des letzten Winters begraben. Es gelang mir nicht, menschliche Fehler für unser Unglück verantwortlich zu machen, ich sah nur einen geheimnisvollen und mächtigen Feind, der uns unbedingt schaden wollte. Nicht einmal dem Großvater konnte ich Schuld geben. Ich wußte nicht, welche Geschäfte die Großmutter gemeint hatte, und es fiel mir auch schwer, daran zu glauben; der Kauf des Gutes war ein Vergnügen gewesen, das sich der Großvater nach jahrelanger Arbeit gegönnt hatte. Mit dem Blick flehte ich die Mutter und die Großmutter um Hilfe an, aber das finstere Unwetter, das sich über uns zusammenbraute, überschwemmte vor meinen Augen die Menschen, die ich liebte, das Haus, die Gärten und die Wiesen, bevor es abzog, um über dem konturenlosen und endlos weiten Land niederzugehen. Ich stand auf und ging weinend auf mein Zimmer.

Die Armut holte zu einem Schlag nach dem anderen aus, und jeder war heftiger als der vorige. Meine Mutter und meine Großmutter mußten mit beschämend geringen Mitteln zurechtkommen. Um etwas Geld zu verdienen, führte meine Mutter für einen Kaufmann in unserer Nähe die Bücher. Sie hatte eine hohe, schmale Schrift, die sich für die Buchhaltung nicht eignete. Also mußte sie die Buchstaben in die Länge und in die Breite ziehen, sie den runden Schablonen anpassen, die sie sich gekauft hatte und die sie wie ein Kind nachzog, das in der Schule gerade Schreiben lernt. Mir mißfiel es, daß meine Mutter zu dieser Übung bereit war, die ihr einen Teil ihrer Persönlichkeit raubte. Ich dachte ständig daran, wie sie mir vor einiger Zeit von einer Reise in eine ferne Stadt eine Karte geschickt hatte: Meine Klassenkameradinnen hatten ihre Schrift sehr elegant gefunden und sich lange bemüht, sie nachzuahmen. Die Großmutter strickte Leibchen, Westen, Schals und Wollhandschuhe, sie strickte bis tief in die Nacht hinein, und manchmal ging sie nicht einmal zu Bett, damit sie eine Arbeit beenden konnte. Als unser Budget für unsere ohnehin bescheidenen Lebenskosten nicht mehr ausreichte, vermietete die Großmutter die Zimmer im ersten Stock und wir zogen in den zweiten; und als die Mieter kamen, verlangten sie ohne jegliche Höflichkeit alles, was zur Befriedigung ihrer Bedürfnisse notwendig war, auch wenn sie kein Recht dazu hatten; sie forderten, in gleicher Weise wie wir den Keller benutzen zu dürfen, den Waschtrog und sogar den Garten. Unser Abstieg erfolgte Schritt um Schritt, immer mehr verloren wir unsere Freiheit. Hin und wieder regte sich in mir der Widerstand, und ich beklagte mich ungestüm bei meiner Mutter oder bei meiner Großmutter über unser elendes Leben, aber sie taten, als wären sie verwundert, und versuchten mich davon zu überzeugen, daß sich nichts verändert hätte, daß uns nichts fehlte, und daß uns auch in Zukunft nichts fehlen würde. Wenn wir sparten, arbeiteten und alle unsere Möglichkeiten nützten, würde bald der Tag kommen, an dem das Haus wieder zur Gänze uns gehörte, an dem keine Hypothek mehr auf ihm lastete, und vielleicht würden wir uns auch noch ein zweites draußen in den Gärten kaufen. Ich sprach oft, fast gegen meinen Willen, von Gärten und Wiesen, von den Blumen, die darauf blühten, und vom grauen Haus, und die Mutter und die Großmutter versprachen mir, daß das neue Haus noch schöner sein würde, vielleicht mit einer gelben Fassade, damit es sich von den anderen unterschied, und im Sommer würden wir hinausziehen. Ich ließ mich von ihren vernünftigen Überlegungen fesseln, im Augenblick hatte ich dem nichts entgegenzusetzen, ich sehnte mich sogar nach einem Vorwand, der es mir ermöglichte, an sie zu glauben. Ich spürte damals eine große Zuneigung zu meiner Mutter und zur Großmutter, und ich wollte das Leid mit ihnen teilen, als wären sie die einzigen, die litten. Ich schloß mich in mein Zimmer ein und stellte mir ein Leben voll stiller Freude vor, ein Leben ganz an ihrer Seite, wie damals, als der Großvater noch lebte, und ich dauernd in seiner Nähe war und wir uns gegenseitig beschützten. In meinen Vorstellungen war ich kein Kind mehr und die Großmutter keine alte Frau. In gleicher Weise wie unsere Gefühle paßte sich unser Alter an jenes der Mutter an, und wir waren alle drei gleich jung: Ich besaß größere Weisheit, die Großmutter verfügte wieder über die Anmut der Gesten und der Worte und ließ die Erfahrung ihres langen Lebens ganz dem familiären Glück zugute kommen, und wir waren genauso schön wie meine Mutter, die mir oft, wenn sie sich während der Besuche meiner Klassenkameradinnen über Stickereien und Kleider unterhielt, als Vorbild erschien, nach dem die Menschen hätten geschaffen werden sollen. Aber als wir erfuhren, daß die Fehltritte des Großvater noch schwerwiegender waren als ursprünglich angenommen, wurden meine Mutter und meine Großmutter verschlossen und resignierten, sie reagierten nicht mehr auf meine Gefühlsausbrüche und sprachen auch nicht mehr mit mir über das Haus, das wir von der Hypothek befreien würden, über die Mieter aus dem ersten Stock, denen wir kündigen würden, und über das gelbe Haus, in dem wir den Sommer verbringen wollten. Ich überließ mich tagelang der Verzweiflung, ich ging meinen Klassenkameradinnen aus dem Weg, ich war nicht mehr imstande, meine Hausaufgaben zu machen, ich schloß mich ständig in meinem Zimmer ein, verfluchte den Strudel, der uns erfaßt hatte und in die Tiefe zog, verfluchte das Elend, das offenbar nur mir gegenüber zu Schlägen ausholte, der ich mich auflehnte und es verfluchte. Selbst meine Mutter, die nun immer nachdenklich und niedergeschlagen war, die keine Geste und kein Wort mehr für mich übrig hatte, und in deren Auge keine Träne des Mitgefühls stand, erschien mir nicht mehr so schön wie früher.

Eines Abends verkündete die Großmutter, sie würde an zwei Tagen in der Woche, und zwar an jenen Tagen, an denen die

Kaufleute der Stadt die meiste Arbeit hatten, gegen gute Bezahlung einer Freundin aushelfen, die ein großes Stoffgeschäft besaß. Die Großmutter würde vor den Augen aller unserer Mitbürger hinter dem Ladentisch stehen und Stoffe verkaufen, genauso wie die blutjungen Verkäuferinnen, und am Abend würde sie der Besitzerin und den Verkäuferinnen helfen, das Geschäft aufzuräumen. Ihre Freundin lebte in einem zweistöckigen Haus auf einem großen Platz, gemeinsam mit ihrer verwitweten Tochter, die genauso alt war wie meine Mutter und eine Tochter hatte, die zwei Jahre jünger war als ich. Ich kannte sie nicht, ich verkehrte mit keiner Familie, die mit den Meinen befreundet war, da es fast nur Leute niedriger Herkunft waren, wie es ursprünglich auch der Großvater und die Großmutter und deren Eltern gewesen waren, arme Arbeiter; ich wußte jedoch aus den Gesprächen, die ich zu Hause belauscht hatte, daß in der Stadt über die Witwe geklatscht wurde, weil sie die Geliebte eines verheirateten Mannes gewesen war. Meine Mutter, die sie seit ihrer Kindheit kannte und früher oft mit ihr zusammen gewesen war, hatte allen Kontakt abgebrochen, und oft hörte ich, wie sie der Großmutter vorwarf, daß sie die Witwe und ihre Mutter zu Hause besuchte. Ich hatte immer für meine Mutter Partei ergriffen: Die Frauen, die sich mit Männern anderer Frauen einließen, luden in meinen Augen unerhörte Schuld auf sich, vielleicht weil ich zu Lebzeiten des Großvaters immer wieder gehört hatte, wie er urteilte, wenn in der Stadt eine skandalöse Beziehung bekannt wurde. Als die Großmutter an diesem Abend sagte, sie ginge ins Geschäft ihrer Freundin, um Stoffe zu verkaufen, errötete ich vor Demütigung und Scham. Gewiß würden sie meine Klassenkameradinnen sehen, die in diesem Geschäft ihre Kleider kauften, und ich würde in ihren Augen immer mehr an Ansehen verlieren. Ich weinte und flehte die Großmutter an, sie möge sich eine andere Arbeit suchen, sie solle zumindest warten, bis meine Prüfungen vorbei waren, aber sie antwortete nur, für sie bestünde kein Unterschied, ob sie nun Bauern oder Kaufleute im Hotel bediente oder meine Klassenkameradinnen und ihre Mütter im Stoffgeschäft. Wenn ich sie früher im Hotel besucht hatte, war mir ihre Arbeit als sehr vornehm erschienen: Ich sah, wie sie den Stubenmädchen Anweisungen gab, wie sie die Arbeit in der großen Küche organisierte, herablassend und gebieterisch mit Metzgern und Kohlehändlern, mit dem Bäcker und dem Obstverkäufer verhandelte. Die Großmutter hatte mit einem Schlag vergessen, daß sie einmal die Chefin eines großen Hotels gewesen war, daß sie ein Gut, zwei Häuser und Geld besessen hatte: An diesem Abend erblickte ich in ihrer Resignation die ersten Vorboten der düsteren Zukunft, die uns bevorstand. Die Reden der Mutter und der Großmutter über die Rückzahlung der Hypothek, über den Kauf des gelben Hauses, in dem wir den Sommer verbringen würden, waren nichts als Lügen, damit ich mich mit der Armut abfand und mich in meinen Bedürfnissen einschränkte.

Die Großmutter war erst seit ein paar Tagen im Geschäft und verkaufte Stoff, als uns die Witwe zu Hause besuchte. Sie betrat das Wohnzimmer, gefolgt von ihrer Tochter, einem häßlichen dicken Mädchen, und sagte gleich zu Beginn, sie wolle die alte Freundschaft zwischen ihr und meiner Mutter wiederherstellen. Sie lud uns ein, jeden Abend zu ihr zu kommen, um ihr Gesellschaft zu leisten. Als hätte meine Mutter die Ablehnung vergessen, die sie der Witwe gegenüber offen gezeigt hatte, nahm sie die Einladung an; sie sagte, sie sei glücklich, eine Freundin wiedergefunden zu haben, und entschuldigte sich, sie wegen der tristen häuslichen Verhältnisse, die ihr jede Lust am Umgang mit Freunden genommen hatten, nicht mehr besucht zu haben. Die Witwe strich ihr lächelnd über das Gesicht. Mir gefielen die Witwe und ihre Tochter nicht, und ihre Anwesenheit irritierte mich: das Mädchen starrte mich seltsam hartnäckig an, von oben bis unten, wie es meine Klassenkameradinnen nie taten, und ihre schwarzen, trägen Augen waren eigentlich die einer Erwachsenen, nicht die eines Kindes. Die Witwe war auffällig bunt gekleidet, sie trug einen kurzen, engen Rock, und hin und wieder betrachtete sie ihre Hüften und strich leicht lachend darüber. Ich hätte es nicht ertragen, wenn meine Mutter vor aller Augen mit ihr spazierengegangen wäre, ich fürchtete, sie könnte sich dadurch böswilligem, gemeinem Tratsch ausliefern. Als die Großmutter aus dem Geschäft zurückkam, sagte sie, sie hätte die Witwe auf der Straße getroffen, die sehr glücklich über den freundlichen Empfang in unserem Hause gewesen war, und die Großmutter lobte die Mutter, daß sie ihre Ratschläge befolgt hatte. In ein paar Tagen würden wir den Besuch erwidern, damit die Witwe sah, wie sehr wir es zu schätzen wußten, daß sie den ersten Schritt getan hatte, um die alte Freundschaft zu erneuern. Ich schlug sofort vor, zu Hause zu bleiben, wenn sie die Witwe besuchen gingen, aber die Großmutter antwortete, ich hätte der Witwe und dem Mädchen sehr gefallen, mehr noch ich würde ein guter Freund des Mädchens werden und ich müßte doch meiner Familie in der schwierigen Zeit helfen, die wir gerade durchmachten.

Ich wußte, daß es im Frühling und im Sommer einige Abende gab, an denen ich mich allein am wohlsten fühlte. Diese Abende hatte ich lieben gelernt, als der Großvater noch lebte. Er war am Nachmittag mit mir aufs Land hinausgegangen, und am Abend wollte die heiße, flimmernde Luft der Felder nicht von mir weichen, nicht einmal, wenn ich mich in mein Zimmer flüchtete, und sie machte es mir bis spät in die Nacht hinein unmöglich, zu lernen oder mich auszuruhen. Im Garten erhoben sich die immer dunkler werdenden Massen der Bäume gegen den Himmel, der unverändert hell und klar blieb. Manchmal ging der Großvater schon früh zu Bett, oder er verließ das Haus und begab sich ins Café, wo auch der Vater und seine Freunde waren, die Mutter lehnte am Fenster, und die Großmutter las die Zeitung. Ich lief in den Garten hinab und spazierte über den einzigen Weg, den der Großvater nach dem Kauf des Hauses hatte anlegen lassen und an dessen Rand frischgepflanzte Sträucher standen. Ich dachte an das Land, wo sich die dicht belaubten Bäume im Schlaf wiegten, an die Bäume im Park, die bereits braun wurden, wie ich am Abend, als wir auf dem Rückweg von den Hügeln unter ihren duftenden Zweigen durchgingen, gesehen hatte. Ich wollte allein sein, um von den Feldern und Wiesen und den im Dunkel liegenden Wäldern zu träumen, um ihrem fernen Schweigen zu lauschen, das mich, obwohl ich mich in der Nacht noch nie dorthin gewagt hatte, genauso anzog wie das laute Rauschen der Erde mitten am Tag, das ich so gut kannte. Mehrmals wollte ich den Großvater schon bitten, mit mir am Abend nach dem Essen aufs Land zu gehen; ich hatte jedoch nie den Mut dazu gefunden; aus Angst, er könnte mich für unfähig halten, das zu verstehen, was er mich an den gemeinsam verbrachten Nachmittagen lehrte. Meine Mutter stand zuerst immer eine Zeitlang am Fenster, dann kam sie in den Garten herunter und nahm 'auf einer Steinbank Platz, die ebenfalls der Großvater hatte aufstellen lassen, um die kühle Nachtluft zu genießen; ich wußte, daß ich sie dort antreffen würde, und empfand doch jedes Mal wieder ein Gefühl von Überdruß. Ich blieb lange im Garten und sah aufmerksam zu, wie es Nacht wurde, wie sich die Umrisse der Pflanzen veränderten, wie sie sich schließlich in der Dunkelheit auflösten. Solche Abende würde es wahrscheinlich auch in diesem Sommer geben, und ich wäre gerne zu Hause geblieben, auch wenn der Garten nicht mehr zur Gänze uns gehörte. Um ihren Freundinnen, von denen wir viele Geschenke bekamen, einen Gefallen zu tun, zwangen mich meine Mutter und die Großmutter jedoch, am Nachmittag gleich nach der Schule zu lernen, und am Abend mit ihnen ins Haus der Witwe zu gehen. Die vier Frauen unterhielten sich, und ich mußte dem Mädchen Gesellschaft leisten. Wenn ich schwieg, bat sie meine Mutter, mich zum Reden zu bringen, und staunend, als wäre sie noch ganz klein, hörte sie dann zu, wie ich von der Schule erzählte, wie ich meine Klassenkameraden und -kameradinnen, die auf den Bänken neben mir saßen, beschrieb. Nie hätte ich ihr jedoch die Geheimnisse des Landes offenbart. Ihre Augen waren feucht und verschwommen, sie schienen sich an den Menschen und Dingen, die sie betrachtete, festzusaugen, und auf meiner Hand und meinem Kopf spürte ich ständig eine schwere und unerträgliche, zärtliche Berührung. Das Lächeln meiner Mutter, deren Augen mich mit ängstlicher Aufmerksamkeit in jeden Winkel des Zimmers verfolgten, riet mir zu Geduld und Demut und war genauso lästig wie der Blick des Mädchens. Durch das offene Fenster, das auf die Piazza blickte, drangen die Düfte und die Geräusche der Stadt, die sich zur Ruhe begab und deren Häuser und Stadtpaläste ineinander verschmolzen wie die Pflanzen im Garten und im Park, aber ich fand nicht den Mut, ans Fenster zu treten. Also blieb ich sitzen, fast willenlos, unter dem Blick des Mädchens, der sich klebrig an meinen Körper heftete, in einem Zimmer, das zu einem schmutzigen Aquarium wurde und in dem die Bewegungen des Mädchens jenen von undurchsichtigen und formlosen Fischen ähnelten. Von Zeit zu Zeit hörte ich die Gespräche der Männer und Frauen, die den warmen Frühling genossen und die Abendspaziergänge vorverlegt hatten, und das Schreien der Kinder, die auf der Piazza spielten.

Die Witwe ließ sich die Hilfe, die sie uns gewährte, teuer bezahlen. Als junges Mädchen hatte meine Mutter viele Freundinnen gehabt, und nach dem Tod des Großvaters und dem Unglück, das uns zugestoßen war, hatten viele von ihnen die Freundschaft erneuert, freundlich und liebevoll; sie luden meine Mutter oft zu einem Spaziergang im Park oder in der Umgebung der Stadt ein. Aber die Witwe wußte dies stets zu verhindern und führte meine Mutter an ganz andere Orte, vor allem an Plätze, wo es von Menschen wimmelte. Sie wollte wissen, was meine Mutter tat, wenn sie sich einmal nicht trafen, und sie erschien auch unangemeldet bei uns zu Hause, um sich zu vergewissern, daß meine Mutter die Wahrheit gesagt hatte. Als uns am Geburtstag meiner Mutter der Vater auf wenige Stunden besuchte, ließ uns die Witwe, die seine Schönheit und Jugend lobte, keinen Augenblick allein, sie folgte uns sogar ins Kino und begleitete uns zur Abfahrt des Zuges. Auch ich hatte keine freie Minute, wenn sie uns am Abend besuchten oder wir zu ihnen gingen, ich konnte das Mädchen nicht alleinlassen, ohne daß mich die Witwe nicht sofort in herrischem Ton zurückgerufen hätte. Am Sonntag mußte ich ihre Tochter ins Kino begleiten und dann bis zum Abendessen bei ihr bleiben. Nachdem sie den Geburtstag meiner Mutter mit uns verbracht hatte, sprach sie selbst von meinem Vater wie von ihrem Eigentum. Sie sagte, wie schön und groß er sei, wie gut ihr seine Haare mit dem Seitenscheitel gefielen, und daß sie ihn eleganter gekleidet hätte, wenn er ihr Gatte gewesen wäre. Ihre Worte mußten meine Mutter fürchterlich kränken, denn ich hörte, wie sie zur Großmutter sagte, unter diesen traurigen Umständen müsse sie froh sein, daß der Vater in einer anderen Stadt wohnte.

Eines Abends war es plötzlich sommerlich warm. Als wir im Haus der Witwe ankamen, trug sie ein weißes, kurzärmeliges Kleid, das ihre kräftigen Arme sehen ließ und einen tiefen Ausschnitt hatte. Auch das Mädchen trug wie seine Mutter ein helles, ärmelloses Kleid. Die Witwe lud uns ein, einen kurzen Rundgang über die Piazza zu machen und dann etwas zu trinken. Sie bestand darauf, daß wir im Freien, an einem Tischchen des Cafés an der Ecke, Platz nahmen. Vor uns mündete die Hauptstraße der Stadt, auf der am Abend und am Sonntag die Leute promenierten. Mich hatte man zwischen die Witwe und ihre Tochter gesetzt, und ich starrte geradeaus über den Tisch, während mich das Mädchen am Arm zu sich zog und mich fragte, ob ich auch schon früher, bevor ich sie und ihre Mutter kennengelernt hatte, am Sonntag promenieren ging, ob ich die Leute an den anderen Tischen des Cafés kannte und schließlich, ob ich Papierblumen basteln könnte. Ich gab ihr zu Antwort, daß ich niemanden kannte und auch keine Blumen aus Papier ausschneiden konnte. Da sagte sie, ich wolle sie ärgern, ich sei böse und gemein, und begann zu weinen. Sie stand auf, ging zu ihrer Mutter und legte ihr den Kopf auf die Brust. Die Witwe versuchte, sie zu beruhigen, aber sie schrie schluchzend, daß ich ihr Papierblumen ausschneiden sollte. Da verließen wir das Café und gingen in Richtung ihres Hauses, das nicht weit entfernt war. Ich mußte mich bei ihr einhängen, während sie um sich schlug und mir Fußtritte versetzte, ohne mich dabei loszulassen. Als wir durch die Tischreihen gingen, erblickte ich zwei Klassenkameradinnen, mit denen ich sehr befreundet war, ihre Brüder und ihre Eltern. Sie saßen an einem Tisch knapp hinter dem unsrigen. Alle sahen mich an, neugierig und belustigt. Während ich an ihnen vorbeiging, grüßten mich die Mädchen und Jungen lachend, und ich bemerkte in ihrem Lächeln eine freundliche und verständnisvolle Ironie. Im Haus der Witwe zogen ich und meine Mutter das Mädchen die Treppe empor, während die Witwe mir zuflüsterte, ich sei ein schöner Junge und sähe meinem Vater sehr ähnlich, ich hätte dieselben Augen und denselben Mund wie er, denselben Scheitel, und deshalb müßte ich jetzt schon lernen, vorsichtig mit den Frauen umzugehen. Im Wohnzimmer verlangte das Mädchen aufs neue von mir, ich solle ihr Papierblumen basteln. Geduldig nahmen meine Mutter und meine Großmutter ein Stück blaues Papier zur Hand, wie es als Verpackung für Zucker verwendet wurde, und dann, als das Mädchen noch immer weinte, ein weißes und ein rosa Blatt; meine Mutter zeichnete Blütenblätter darauf, die Großmutter schnitt sie aus und setzte ein paar Rosen zusammen. Aber das Mädchen sagte, Rosen hätten nicht dreifarbige Blütenblätter. Die Frauen lachten. Da packte das Mädchen in einem Wutanfall die Papierblumen und warf sie aus dem Fenster, dann stürzte sie sich auf mich, riß mich an den Haaren und sagte, ich allein dürfte ihr Papierblumen ausschneiden. Sie war ein seltsames Kind: wenn auch zwei Jahre jünger, war sie doch genauso groß wie ich, ihre Arme, ihr Hals und ihr Gesicht waren üppig und fleischig, und ihr Blick war zwar in diesem Augenblick noch verschwommener als gewöhnlich, aber gleichzeitg anspielungsreich und erfahren wie der einer erwachsenen Frau. Obwohl sie erst in die zweite Klasse der Volksschule ging, interessierte sie sich für mein Schülerdasein und für die Beziehungen zwischen mir und den anderen Jungen, und dann wieder hatte sie Wutanfälle und schlug um sich. Ich flehte sie an, und ich flehte ihre Mutter an, mich nicht weiter zu quälen. Ich konnte keine Blumen zeichnen, niemand in der Schule hatte mir das Zeichnen beigebracht. Aber die Witwe drückte mir noch immer lachend Bleistift und Papier in die Hand. Verzweifelt trat ich ans Fenster, dem einzigen Zufluchtsort, den ich ringsherum erblickte, und über das Fensterbrett gebeugt, brach ich in heftiges Schluchzen aus. Während die Lichter der Piazza und des Cafés erloschen, hörte ich unter dem Fenster plötzlich atemlos meinen Namen rufen, mehrere Male. Ich lehnte mich hinaus und sah die Brüder meiner Schulfreundinnen, die über den Platz gelaufen kamen und mich riefen, gefolgt von ihren Schwestern, die sie anflehten zu schweigen. Ich ließ mich auf den Boden fallen. Inzwischen lag die Zeit, in der der Großvater noch lebte, tatsächlich Jahre zurück, obwohl er erst vor einigen Monaten gestorben war. Mein ganzes Leben war ruiniert. Verschwunden waren die Genüsse, die ich auf dem Land kennengelernt hatte, und verschwunden war auch das Echo dieser fernen Genüsse. Ich besaß nicht einmal mehr die Freiheit, ein paar Stunden allein im Wohnzimmer zu verbringen oder auf dem kleinen Weg im Garten spazierenzugehen. Seitdem wir den ersten Stock unseres Hauses vermietet hatten, konnte ich meine Klassenkameradinnen nicht mehr zu mir nach Hause einladen, es war vorbei mit den Komplimenten, die sie meiner Mutter machten, und mit ihren verständigen Gesprächen. Seitdem die Großmutter im Stoffgeschäft arbeitete, wartete ich auch am Morgen nicht mehr auf sie, um mit ihnen gemeinsam zur Schule zu gehen, denn ich fürchtete, sie könnten sich mein nunmehriges Leben zu Hause vorstellen. Nachdem mir meine Freundinnen ihr Beileid zum Tod meines Großvaters ausgesprochen und mich mehrmals freundlich eingeladen hatten, zum Tee zu ihnen zu kommen, ließen sie mich mit meinem Schweigen und meiner Einsamkeit allein, sie führten mein Verhalten auf die

Trauer um den Tod des Großvaters zurück, denn sie wußten, daß ich sehr an ihm gehangen hatte. Anfangs grüßten sie mich mit einem freundlichen Kopfnicken oder einem Winken, ohne mich laut zu rufen, wie sie es früher getan hatten. Inzwischen trugen sie noch leichtere und buntere, mit Blumen bestickte Kleider; Kleider, die mich an die Wiesen und Gärten erinnerten und an die Sehnsucht, die ich manchmal verspürt hatte, an der Seite jener, die mir am besten gefiel, unter den blühenden Bäumen spazieren zu gehen; an die Sehnsucht nach dem Land, die mich plötzlich wieder überfiel, nach einem Land, das wieder unbekannt und geheimnisvoll geworden war, und dessen anmutige und weise Ordnung es neu zu entdecken galt. Ich hielt mich von meinen Freundinnen fern, antwortete auf ihren Gruß mit einem einfachen Lächeln, und ich wußte, daß sie wieder freundlich und gut zu mir sein würden, sobald es mir gelang, den Kreis aus Einsamkeit und Elend zu durchbrechen. Aber nach jenem Abend im Haus der Witwe, nach dem heftigen Ausbruch des Mädchens, nachdem sie auf der Piazza geschrien und laut meinen Namen gerufen und ich am Fenster geweint hatte, würde ich nicht mehr den Mut finden, auf ihren Gruß zu antworten. Während wir nach Haus gingen, ich einige Schritte hinter der Mutter und der Großmutter, dachte ich erleichtert an die kommenden Ferien, die mich von der Gegenwart meiner Klassenkameradinnen und der Erinnerung an fröhliche Zeiten erlösen würden. Gleichzeitig war mir jedoch bewußt, daß ich in den vielen schulfreien Tagen ein noch leichteres Opfer für die Witwe und ihre Tochter sein würde.

In meiner Schule war es schon lange Brauch, daß die Schüler am Ende des Schuljahres, kurz nach den Prüfungen, in einem Theater der Stadt ein Stück aufführten, dessen Erlös einem wohltätigen Zweck zugute kam; und zwar in jenem Theater, das mir am besten gefiel, weil es drei Reihen Logen, unter anderem eine Königsloge, besaß, viel Samt und kleine Glaslämpchen. Entsprechend einer seit Jahrzehnten festgelegten Reihenfolge spielten immer nur die Schüler einer bestimmten Klasse. Für sie wurde sorgfältig ein passendes Stück ausgesucht, zumeist eine Komödie. Die Begeisterung im Gymnasium für diese jährliche Aufführung war groß, und keiner hätte geduldet, daß seiner Klasse dieses Recht verweigert wurde. Die Schauspieler wurden erst in den letzten Schultagen ausgesucht, und das ganze Jahre über wurden Wetten abgeschlossen, wer nun die Glücklichen sein würden und welche Komödie man ihnen anvertrauen würde, ob darin Diebe oder Abenteurer vorkämen, Duelle oder Liebesszenen. Die Aufführung räumte der ausgewählten Klasse eine Sonderstellung gegenüber dem Gymnasium, den Familien anderer Schüler und anderen Schulen der Stadt ein, und die Schauspieler, die von den Ausgeschlossenen beneidet wurden, legten plötzlich ein fröhliches und freches Verhalten an den Tag, und auch bei ihrer Kleidung leisteten sie sich unerhörte Extravaganzen. Drei Jahre lang hatte ich darauf gewartet, daß meine Klasse an die Reihe kam. In der Zwischenzeit, in den Wintermonaten dieser drei Jahre, hatte ich meine Städte mit einem Theater ausgestattet, das vier Logenränge und eine Königsloge besaß, viel roten Samt und kleine Glaslämpchen. Jeden Abend setzte mich ein Schlitten, der beinahe über den Schnee flog, mit einer meiner Klassenkameradinnen vor dem Theater ab, und manchmal nahm ich als wohlwollender und amüsierter Zuschauer in einer Loge im ersten Rang Platz, manchmal begeisterte ich von der Bühne herab das Publikum, als Protagonist verwickelter Dramen, die ich selbst erfunden hatte. In der Schule sprach ich oft vom Theater, und auch wenn sich meine Mutter mit meinen Klassenkameradinnen unterhielt, die zu mir nach Hause kamen, lenkte ich das Gespräch oft auf die Schulaufführung, nicht zuletzt, um mir den Inhalt der Komödien erzählen zu lassen, die in den Jahren zuvor aufgeführt worden waren, um mir von den Irrtümern der Schüler anderer Klassen berichten zu lassen und sogar von einem Elternteil einer unserer Schulgefährten, der vor vielen Jahren das Gymnasium besucht hatte; und vor allem, um von der Liebe zu hören, von der Liebe in den Komödien, dem zarten Abenteuer. Wenn ich meiner Mutter zuhörte, wie sie von Theatern in fernen Städten sprach, von Komödien und Dramen, und von großen Schauspielern, spürte ich plötzlich die Sehnsucht, zur Bühne zu gehen, Schauspieler zu werden, und in Gedanken pflückte ich alle Blumen in den Gärten, um sie in üppigen Körben an Hunderte von Verehrern und Verehrerinnen zu schicken.

Genau in diesem Jahr würden die Schüler meiner Klasse das Stück aufführen, und obwohl der Probenbeginn immer näher rückte und sich die Schüler der oberen Klassen bereits den Titel der Komödie zuflüsterten, die wahrscheinlich ausgewählt werden würde, teilte ich nicht die Aufregung meiner Kameraden, so sehr bedrückte mich mein Unglück. Nach dem Abend im Haus der Witwe, an dem mich das Mädchen wegen der Papierblumen zum Weinen gebracht hatte und zwei Jungen meinen Namen auf der Straße gebrüllt hatten, kam ich immer erst einen Augenblick vor Unterrichtsbeginn in die Schule, begrüßte niemanden, saß mit gesenktem Blick an meinem Tisch und bemühte mich hartnäckig, das Glück der anderen nicht zur Kenntnis zu nehmen. Kaum hatte es nach der letzten Stunde geläutet, nahm ich Bücher und Hefte und flüchtete nach Hause, auf einer anderen Straße als auf der, die die Schüler des Gymnasiums benutzten.

An dem Tag, an dem die Rollen verteilt wurden, erfuhr ich, daß ich einer der Schauspieler, einer von insgesamt drei Mädchen und drei Jungen, sein sollte; vielleicht, weil ich zu den besten Schülern gehörte, ein gutes Gedächtnis besaß und Gedichte im richtigen Rhythmus und mit Gefühl rezitieren konnte. Die anderen fünf Schauspieler stammten aus den besten Familien der Stadt. Um Streitereien und Rivalitäten zwischen den Schülern auszuschließen, legten der Direktor und die Lehrer die Schauspieler fest, und die Schüler, denen eine Rolle zugewiesen wurde, gehorchten, ohne Ausflüchte zu suchen. Nicht einmal die Trauer um den Tod des Großvaters hätte mich von der Pflicht befreit, am festgelegten Tag im Theater aufzutreten. Ich dachte ängstlich an den Nachmittag, an dem die Proben beginnen sollten, denn ich wußte bereits, daß ich mich arm und lächerlich fühlen würde inmitten meiner Klassenkameraden, denen der Reichtum einen besonderen Anstrich von Eleganz und Anmut, eine persönliche Note verlieh. Wie ich bereits in den Jahren zuvor beobachtet hatte, schlossen die Schauspieler während der Proben eine besonders enge Freundschaft und führten ein von den anderen abgesondertes Leben, das die ganze Schulzeit über und manchmal sogar länger andauerte. Ich wußte, wie dieses neue Leben aussehen würde: Kinogänge, Ausflüge, Feste und später Theaterbesuche und Bälle. Die Kinder, die für die Aufführung ausgewählt wurden, trafen sich jeden Nachmittag, um im Haus des einen oder des anderen Schauspielers zu lernen oder Tee zu trinken, wobei eine festgelegte Reihenfolge streng eingehalten wurde, oder sie trafen sich im Hause des besten Schülers, damit er den anderen bei den Hausaufgaben half, und später, nach den Prüfungen, studierten sie so gut wie möglich ihre Rollen. Außerdem war keines der drei Mädchen, die gemeinsam mit mir auf der Bühne stehen sollten, in den drei Schuljahren jemals bei mir zu Hause gewesen, denn da sie aus besonders reichen Häusern stammten, lebten sie abgesondert von allen anderen, und ich hatte erst wenig Worte mit ihnen gewechselt. Wie sollte ich ihnen nahekommen, wenn ich ihnen gestehen mußte, daß ich kein geeignetes Heim besaß, um sie zu empfangen, daß ich kein Geld hatte, nie allein ins Kino ging und meine Mutter sich nie ein neues Kleid kaufte? In den letzten Jahren, als ich noch ein Haus und einen Garten besaß, der sich gerade in einen kleinen Park verwandelte, und ein Gut, hätte ich mich jeder neuen Situation anpassen können, und die Anmut meiner Mutter, das Ansehen, das sie bei meinen übrigen Klassenkameradinnen genoß, hätten dazu beigetragen, den Rest vergessen zu machen, selbst die dunkle Herkunft des Großvaters und der Großmutter. Und wenn meine Tüchtigkeit in der Schule und die Anmut meiner Mutter nicht genügt hätten, dann hätte ich die

Meinen gezwungen, mit dem vielen Geld, das sie besaßen, das Haus und den Garten noch mehr zu verschönern. Und dann hätte ich meine Freundinnen ins Leben auf dem Land und in den winterlichen Städten eingeführt, ich hätte sie mit dem Zauber des Schnees, der Schlitten und der glänzenden Kuppeln bekannt gemacht, den auf der Welt einzig und allein ich kannte.

An diesem Morgen waren alle Mädchen und Jungen aus meiner Klasse freundlich zu mir, sie scharten sich um mich und gratulierten mir, als ob unsere Freundschaft keine Unterbrechung erfahren hätte, und die anderen Schauspieler sagten, daß wir uns nach Probenbeginn sofort bei einem von uns zu Hause treffen würden, um uns gegenseitig zu helfen, und um bei den Prüfungen gut abzuschneiden. Meine düsteren Vorahnungen schienen jedoch von dem Tag an in Erfüllung zu gehen, als der Professor, der die Proben leitete, uns das Textbuch der Komödie überreichte, und wir, an einem Tisch im Zimmer des Direktors sitzend, laut zu lesen begannen. Ich war wie am Boden zerstört, als der Professor zu mir sagte, ich solle mir ein Paar schwarze Hosen mit grauen Nadelstreifen, einen Frack und einen Zylinder besorgen. Dies war die Kleidung der Figur, die ich darstellen sollte. Während sich die anderen Kinder darüber unterhielten, wie sie die vom Textbuch vorgegebenen Kostüme noch prächtiger gestalten konnten, und den Professor fragten, ob sie auch Kostüme tragen durften, die zwar den gleichen Schnitt, jedoch andere Farben hatten, schien es mir unmöglich, meine Mutter und meine Großmutter um ein so teures und ansonsten untragbares Kostüm zu bitten, wo sie sich inzwischen noch eifriger als früher mit großen Kontobüchern und endlosen Wollkäueln herumplagten und ihre Arbeit inzwischen auch am Abend zur Witwe mitnahmen. Hätte mich die Sorge um die Prüfungen nicht zurückgehalten, ich wäre geflohen, um ja nicht zu den Proben gehen zu müssen. Viele Stunden irrte ich an jenem Abend im späten Mai weinend durch die Stadt, der Park trug schon die Farben des Sommers und löste in mir das bohrende, grausame Gefühl aus, einen schmerzhaften Verzicht leisten zu müssen. Ich lief bis zum grauen Haus: In der Dämmerung hoben sich die Farben und die Formen der Blumen, die ein leichter Sommerregen aufgefrischt hatte, deutlich gegen die Wiesen und Gärten, die fahlen und gleichförmigen Mäuerchen ab. Ich betete zum Großvater, dem Urheber meines Reichtums und vielleicht auch meines Elends, er möge bei Gott ein Wort für mich einlegen, damit mir die vielen Demütigungen erspart blieben. Er möge Gott sagen, was ich früher an Häusern, Gärten, Gütern und Städten besessen hatte, und daß mir jetzt nichts mehr gehörte. Aber niemand kam, um das Leid von mir zu nehmen. Kein Hoffnungsschimmer zeigte sich am Horizont.

Müde, traurig und gereizt kehrte ich nach Hause zurück, überzeugt davon, daß ich meiner Mutter und meiner Großmutter nur
neue Unannehmlichkeiten verursachte, wenn ich ein derart
schwierig zu beschaffendes Kostüm von ihnen verlangte. Ich
staunte jedoch über mich selbst, als ich meine Forderung mit
brüsken und häßlichen Worten vorbrachte, denen die Tränen,
die ich den ganzen Tag geweint hatte, nicht anzumerken waren.
Ruhig antwortete meine Mutter, daß Hose, Jacke und Zylinder
in wenigen Tagen bereitliegen würden, und die Großmutter bestätigte ihre Worte. Sie sagten, sie schätzten sich glücklich, daß
man mich für die Aufführung ausgewählt hatte. Ihre resignierte
Nachgiebigkeit und ihre zustimmenden Worte stürzten mich in
eine noch größere Verzweiflung. Ich zog mich in mein Zimmer
zurück, um zu lernen, und ich weigerte mich, sie zu ihren Freundinnen zu begleiten, obwohl sie mich lange durch die geschlossene Tür hindurch anflehten. Inzwischen war es lange her, daß
ich mich wie an diesem Nachmittag auf den Straßen und Plätzen
der Stadt herumgetrieben hatte. Die Gärten, die Blumenbeete
und der Park hatten mir wieder einmal vor Augen geführt, wie
sehr ich insgeheim noch immer dem Land, dem Großvater und
den gemeinsam verbrachten Jahren verbunden war. Mehr als je
zuvor hatten mir die Blumen und die Pflanzen, die gerade ihren
Kopf aus der Erde reckten, und die Bäume gefallen. Ein paar
Stunden lang hatte ich zugesehen, wie sie, von den ersten abendlichen Schatten umhüllt, in einen sicheren und leichten Schlaf fielen, voller Verheißungen für den nächsten Tag. Kaum hatte ich
mich von ihrem Anblick gelöst, spürte ich, daß alle geheimen
Kräfte meines früheren Lebens sich in Nichts aufgelöst hatten,
und jetzt, als ich allein in meinem Zimmer war, wurde mir dies
noch schmerzhafter bewußt. Ich war müde. Die unfreundlichen
Worte, mit denen ich eben erst von meiner Mutter und meiner
Großmutter das Kostüm verlangt hatte, erschienen mir nun als
letzter Rest meiner Kräfte, den ich umsonst vergeudet hatte. Ich
stellte mir vor, wie meine Mutter und die Großmutter allein zum
Haus der Witwe, in ihr Gefängnis gingen, und vielleicht fragten
sie sich gegenseitig, woher sie das Kostüm nehmen sollten, und
bereuten bereits das voreilig gegebene Versprechen. Ich konnte es
kaum ertragen, daß ich ihnen Unannehmlichkeiten beschert haben sollte und daß sie litten. Meine Bücher lagen ausgebreitet auf
dem Tisch vor mir, ich mußte nur noch wenige Seiten durcharbeiten, wie ich an den Papierstreifen, die aus dem Schnitt hervorragten, erkennen konnte; die Seiten waren nicht einmal etwas
Neues für mich, ich hatte sie bereits gelesen, auswendig gelernt
und noch einmal gelesen, und brauchte sie nur noch zu wiederholen; und selbst die Tatsache, daß sie rasch weniger wurden, war

nichts anderes als ein Sturz ins Ungewisse für mich, der Verlust eines Teils meiner selbst.

Gleichgültig sah ich zu, wie das Kostüm entstand. Die Hose wurde aus einer alten Hose des Großvaters zugeschnitten. Der Zylinder fand sich in einer schönen Hutschachtel in einem alten Schrank auf dem Dachboden: Er hatte einem Verwandten von uns gehört, der in seiner Jugend ein Lebemann gewesen war. Eine Dame schenkte meiner Großmutter die Schuluniform ihres Sohnes, der in einem Internat für Aristokraten gewesen war, und daraus wurde der Frack zugeschnitten. Es entstand ein schönes Kostüm, ein neues Kostüm, aber ich hatte überhaupt keine Freude daran. Ich verspürte einzig und allein ein Gefühl der Befreiung, als wachte ich aus einem schrecklichen Alptraum auf, als wäre ich von einer schrecklichen Krankheit genesen. Das Kostüm hing über einer Sessellehne und erschien mir als die sterbliche Hülle meiner Angst. Ich spürte keinen Schmerz mehr und kein Gefühl, als hätten alle Schmerzen, die die Armut mir verursachte, sich in dem einen Schmerz gesammelt, kein Kostüm zu bekommen, und nun, da es glänzend und gebügelt über der Sessellehne hing und darauf wartete, angezogen zu werden, war es, als hätte sich die Armut um Jahre von mir entfernt.

Unbeschwert ging ich zur ersten Probe und nach den Prüfungen zur zweiten, und ich versprach den anderen Schauspielern, an ihren Treffen teilzunehmen, und dann ging ich zur dritten Probe, bei der wir unsere Kostüme anprobieren sollten, um sie dem Regisseur vorzuführen. Als ich ankam, zogen die anderen Kinder, die von ihren Eltern und Freunden begleitet wurden, gerade lange Röcke und Atlasgilets aus großen Schachteln hervor, und Kostüme, die aussahen wie das meine, obwohl sie eine andere Farbe hatten. Auch ich öffnete mein Bündel und stellte staunend fest, daß mein Kostüm viel schöner war als die grellbunten Seidenkleider, die Spitzen und die Federhüte, es war das einzige, das etwas vom Flair des vergangenen Jahrhunderts besaß, wie es der Komödie entsprach. Als ich mich in Hose, Frack und Zylinder auf dem großen Holzpodium präsentierte, das man mitten in einem großen Klassenzimmer aufgebaut hatte und auf dem die Proben stattfinden sollten, klatschten meine Klassenkameraden und führten mich zu ihren Familien und zu den Lehrern, die bei den Proben immer anwesend waren, damit sie mich bewundern konnten. Eine Dame lud mich zu sich nach Hause ein und nach ihr eine andere, und schließlich luden mich alle ein. Am Tag darauf ging ich zu der Dame, die die Einladung als erste ausgesprochen hatte. Dort traf ich Frauen und Mädchen und die Kameraden von den Proben. Alle erzählten von den schönsten Ereignissen in ihrem Leben, und ich begann vom Land zu sprechen, ich

gab die Geheimnisse des Flusses preis, von dem die meisten Anwesenden nur das kurze Stück in der Stadt kannten, ich erzählte
von Villen, die inmitten riesiger Gärten lagen. Bald verwandelten sich die Bauernhäuser in meiner Erzählung zu Burgen mit
Mauern und Türmen, die noch immer mächtig und bedrohlich
waren. Meine Gefährten und auch die Damen und die Mädchen
staunten, sie wollten wissen, woher ich so viele Wunderwerke kannte. Da erzählte ich vom Großvater, von seiner Intelligenz und vom Gut, und in den Augen meiner Zuhörer las ich
Bedauern darüber, daß sie nicht auch so einen Großvater gehabt hatten.

Die Mädchen waren schön; sie unterhielten sich angeregt,
und in ihren Worten klang jedes Detail, als hätte es ungeheure Bedeutung. Ihre Häuser waren elegant und reich, mit Bildern von
exotischen Landschaften an den Wänden. Sie besaßen Salons, in
denen sie ihre Freunde empfingen, Tee tranken, Klavier spielten,
und feines Geschirr aus Kristallglas und Porzellan. Ich ließ mich
sanft in eine Welt gleiten, die ich mir bisher nur ausführlich in der
Phantasie ausgemalt hatte und die noch immer neu und frisch für
mich war, da ihr die Armut nichts hatte anhaben können. Mir
schien es unmöglich, daß draußen nicht wieder ein neuer Winter
angebrochen sein sollte. Die Frauen, die Jungen, die Mädchen,
die ich mir früher vorgestellt hatte, wie sie in ihren schneebedeckten Städten im Garten spazierengingen, in Schlitten fuhren, in
holzgetäfelten und von mächtigen Öfen beheizten Räumen Tee
tranken, saßen jetzt um mich herum. Ich sprach und lachte mit
ihnen. Ich hatte so viel Leid erlebt, daß mir diese Tage noch au
ßergewöhnlicher erschienen als jene, in denen ich an der Seite des
Großvaters über die grünen Wege auf dem Land ging. Eine
Dame sagte sogar, sie würde meine Mutter um Erlaubnis bitten,
mich im Sommer mit aufs Land nehmen zu dürfen, damit ich ihren Kindern Gesellschaft leistete, in einer Villa, die sie in einem
weitentfernten Ort besaß.

Die Dame, die mich aufs Land mitnehmen wollte, hatte eine
Tochter, die bei der Komödie mitspielte, und einen Sohn, der die
zweite Klasse des Gymnasiums besuchte. Mit den beiden Kindern hatte ich sofort Freundschaft geschlossen, eine innigere
Freundschaft als mit den anderen Schauspielern, den anderen
Kameraden. Die beiden Kinder erzählten mir von der Villa, in
der wir den Sommer verbringen würden, und zu der auch ein
Park mit Perlhühnern und Pfauen und sogar Kranichen gehörte,
die man von einem anderen Kontinent hatte kommen lassen. Sie
beschrieben mir das Land rund um die Villa und die Wälder und
die Dörfer in der Umgebung, wo es Alleen gab, alte Kirchen und

belebte Jahrmärkte. Als ich das Textbuch gelesen hatte, war ich sehr beunruhigt gewesen, denn in einer Liebesszene mußte ich vor zahlreichem Publikum ein Mädchen mehrmals umarmen und küssen. Aber sofort darauf hatte mich die Gewißheit, kein Kostüm für die Aufführung zu bekommen, in noch größere Verzweiflung gestürzt. Kaum lagen Hose, Jacke und Zylinder bereit, begann mich wiederum die Sorge wegen der Küsse zu quälen, bis schließlich nach einigem Hin und Her die Rolle meiner Geliebten genau jenem Mädchen anvertraut wurde, mit dem ich so innige Freundschaft geschlossen hatte. Nun durfte ich sie ohne Scheu vor Eltern und Lehrern küssen, und häufig probierten wir diese Szene, die eine der schwierigsten war, sogar unter dem Blick ihres Bruders, der uns Ratschläge erteilte, welche Gesten am natürlichsten wirkten. Wir gingen dem Sommer entgegen, und aufgrund der freudigen Erwartung erschien es mir, als hätte mein Schicksal eine glückliche Wendung genommen. Ich hatte mit meiner Mutter über den Sommeraufenthalt in der fernen Villa gesprochen, die Mutter meiner Freundin hatte sie um Erlaubnis gebeten, mich mitnehmen zu dürfen, und meine Mutter hatte zugestimmt, ohne sich lange bitten zu lassen. Sie hatte sogar noch mehr für mich getan. Ich hatte ihr von meiner Angst erzählt, die Witwe könnte mir nicht erlauben, daß ich meine Freunde besuchte, und verlangen, ihrer Tochter Gesellschaft zu leisten, anstatt mich mit meinen Freunden aufs Land fahren zu lassen. Meine Mutter hatte mich bei der Witwe entschuldigt, indem sie sagte, ich müsse den ganzen Tag und auch am Abend für die Prüfungen lernen, das eben zu Ende gegangene Schuljahr hätte mich erschöpft und ich fühlte mich nicht recht wohl, und damit hatte sie erreicht, daß ich von den abendlichen Besuchen sowie von der Pflicht, das Mädchen am Sonntag ins Kino zu begleiten, befreit wurde. Um ganz sicher zu gehen, hatte ich meine Mutter dann noch gebeten, der Witwe nichts von der Komödie und den Proben zu erzählen, und sie hatte mir auch diesen Wunsch erfüllt. Meine Mutter war wieder eine schöne Frau geworden: Das hatte meine Freundin festgestellt, als wir ihr eines Tages gemeinsam auf der Straße begegneten.

Bis zur Aufführung war es nur noch eine Woche, der Sommer hatte sich über alle Hindernisse hinweggesetzt, und mir schien, als ob dieser Sommer bis in den Herbst hinein andauern würde, bis zu den ersten Schneefällen, und vielleicht würden die Blumen des Gartens und ihre Farben und der Schnee lange nebeneinander existieren. Wie damals, als der Großvater noch lebte und das Gut auf den Hügeln besaß, hatte ich auch jetzt oft das Gefühl, daß es in diesem Sommer keine Städte für mich geben sollte, sondern nur grenzenloses Land; die ganze Welt bestand nur mehr aus Land, aus Feldern, Wiesen, Wäldern und Tälern, und inmitten dieses Landes befand sich die Villa meiner Freundin, mit dem Park voller Perlhühner und Pfauen, in dem auch zwei Kraniche herumstolzierten, und ich bemühte mich, mir die Villa vorzustellen, wobei ich die Paläste zu Hilfe nahm, die ich auf den exotischen Drucken an den Wänden des Salons sah, in dem ich inzwischen viele Stunden des Tages verbrachte. In der Phantasie errichtete ich auch die Dörfer in der Umgebung der Villa und umgab sie mit Wäldern, Wehrmauern und Burgen. Die Aufführung hatte inzwischen fast alle Bedeutung für mich verloren: Sie war nur noch ein kleines Detail in diesem ungewöhnlichen Sommer.

Eines Nachmittags, als meine Mutter gerade mein Kostüm bügelte, erschien die Witwe bei uns zu Hause, mit ihrer Tochter im Schlepptau. Als sie das Kostüm sah, wollte sie unbedingt erfahren, wozu es diente, und als sie es schließlich in Erfahrung gebracht hatte, da weder meiner Mutter noch mir im Augenblick eine passende Lüge einfiel, bestand sie darauf, daß ich ihr die Handlung der Komödie erzählte und die Rollen der einzelnen Schauspieler beschrieb. Dann gratulierte sie mir zu der Rolle, die man mir anvertraut hatte. Sie war freundlich an diesem Tag und befahl ihrer Tochter zu schweigen, die mich alle Augenblicke unterbrach, aber kaum drehte sich meine Mutter einen Augenblick um, um das Bügeleisen zu nehmen oder den Lappen anzufeuchten, warf sie mir einen belustigten Blick zu, und ihre Augen wurden starr und finster. Ich fühlte mich schuldig ihr gegenüber, weil ich sie seit einigen Tagen nicht besucht hatte, weil ich ihr nichts über die Komödie und meine neuen Freunde erzählt hatte, und weil sie mich untätig und bei bester Gesundheit zu Hause überrascht hatte. Ich spürte die Drohung in ihrem Blick und erzählte lange von den Proben und den anderen Schauspielern – all das, was ich ihr bisher sorgfältig verschwiegen hatte –, um sie von den bösen Absichten abzulenken, die sich, wie mir schien, hin und wieder in ihren Augen abzeichneten. Die Witwe bat mich, das Kostüm anzuprobieren und den Zylinder aufzusetzen, und nachdem ich ihrem Wunsch nachgekommen war, lachte sie laut auf und bat mich, ihr eine ganze Szene vorzuspielen, und zwar die dramatischste von allen, und sie versprach mir, daß sie ins Theater kommen und mich bewundern würde. Kaum hatte ich ihren Wunsch erfüllt, erlaubte sie mir nicht mehr, das Kostüm auszuziehen. Einer plötzlichen Laune folgend schob sie mich dann zu ihrer Tochter hin, und nachdem sie uns wohlgefällig betrachtet hatte, stellte sie fest, daß wir ein wunderbares Brautpaar abgeben würden. Sie drehte sich zu meiner Mutter um und bat sie mit einer kleinen Verbeugung um die Erlaubnis, mich mit ihrer

Tochter verheiraten zu dürfen, sobald ich ein junger Mann war. Die Mutter stimmte zu, ebenfalls lachend und sich verbeugend. Kurz darauf verabschiedete sich die Witwe von meiner Mutter, und beim Hinausgehen packte sie mich am Arm und zwang mich, sie zur Tür zu begleiten. Als ich die Treppe herunterging, voller Scham und Angst, unsere Untermieter könnten mich mit langer Hose und Zylinder sehen, legte mir die Frau die Hand um die Hüfte und fragte mich, wobei sie mein Ohr mit feuchten und fettigen Lippen streifte, warum ich sie nicht mehr zu Hause besuchte; hatte ich vielleicht elegantere Freunde gefunden als sie? Ich verneinte, worauf sie mir mit der Hand über den Kopf strich und sagte, daß ihre Tochter schön und brav sei und eine hervorragende Braut abgeben würde. Ein alter Mann in Sackleinen befestigte gerade an der Hauswand gegenüber die Plakate, auf denen die Schulaufführung angekündigt wurde, und mein Name war deutlich zu sehen. Die Frau las ihn lächelnd, dann lächelte sie mir zu und verabschiedete sich mit einem Kopfnicken.

Ich rannte die Treppe hinauf und fragte die Mutter, ob es die Witwe mit der Hochzeit ernst gemeint hätte. Die Antwort meiner Mutter war so traurig wie das trübe Licht, das vom Garten aufstieg; sie sagte, es wäre ganz normal, wenn ich als Erwachsener die Tochter der Witwe oder ein ähnliches Mädchen heiraten würde, denn viele Ehen wurden in Situationen wie der unsrigen angebahnt: Wenn Braut und Bräutigam noch Kinder und ihre Familien befreundet waren. Ich würde jedenfalls keine der Freundinnen heiraten, mit denen ich jetzt für die Aufführung probte, denn sie waren zu reich für mich, sondern ein Mädchen unseres Standes und unserer Vermögensverhältnisse.

Am Abend war ich gezwungen, mit meiner Mutter und meiner Großmutter die Witwe zu besuchen, und auf dem ganzen Weg wichen Ratlosigkeit und Wut nicht von mir. Eine einzige Hoffnung hielt mich aufrecht: die Hoffnung, daß die Witwe meiner Seele nur deshalb furchtbares Leid zufügen wollte, um sich an meinen Qualen zu weiden. Vielleicht konnte ich sie besänftigen, wenn ich zu ihr zurückkehrte. Und in den Sommerferien würde ich mich dann in die Villa meiner Freundin flüchten. Ihre Mutter, ihr Bruder und ihre Verwandten würden mich beschützen. Die Witwe begann wieder in aller Ruhe von unserer bevorstehenden Hochzeit zu sprechen, sie beschrieb die Hochzeitsfeier in allen Details. Sie sagte, bei unserer Feier würde es jede Menge Blumen, Geschenke und Gäste geben. Ich würde einen Anzug tragen, der dem Kostüm aus der Komödie auf Haar glich, und das Mädchen ein Kleid aus weißem Tüll. Ich warf meiner Mutter, die in den letzten Tagen so gut zu mir gewesen war, flehende Blicke zu, aber sie half mir in keiner Weise. Sie strich sich abwechselnd über die eine und dann über die andere Hand, ohne den Worten der Witwe Beachtung zu schenken. Das Mädchen trat ans Fenster und forderte mich auf, auf den Platz hinunterzu- blicken. Sie legte mir einen Arm um die Hüfte, der genauso schwer und warm war wie der ihrer Mutter. Ich stieß ihn nicht zurück, weil uns die Witwe aus noch immer unergründlichen und finsteren Augen beobachtete und sich dann hinter uns stellte und ebenfalls auf den Platz hinunterblickte. Das Café war hell er- leuchtet und die Tische waren dicht besetzt. Der Duft der Linden und die Gestalten anderer Mädchen, die lachend und plaudernd über den Platz gingen, drangen zu mir herauf und gaben mir die schmerzhafte Gewißheit, daß mein Leben nach wie vor trist war. Meine Kameraden, ihre Salons, ihre guten und gastfreundlichen Familien entfernten sich in Windeseile von mir: Und so war es bisher immer gewesen, wenn ich etwas Freudiges erlebte. Lang- sam lösten sich auch die Bilder meiner Freundin, ihrer Villa, der Perlhühner, der Pfauen und Kraniche in Nichts auf. Ich sah zu, wie sie verschwanden, und staunte über die vielen Reichtümer, die ich in so kurzer Zeit aufs neue angehäuft hatte. Ich wollte mich wehren, die Reichtümer wiedergewinnen, aber die Witwe legte ihre Lippen auf meinen Kopf und küßte zuerst mich und dann das Mädchen. Nach einer Weile gingen wir nach Hause. Selbst das leise Bangen, das ich empfand, wenn ich mit meiner Freundin eine Liebesszene spielen mußte, die Freuden, die ich mir von dem Sommeraufenthalt versprach und den ich mir bei je- dem Schritt verzweifelt in Erinnerung rief, hatten jegliche Süße verloren. Am nächsten Tag sollte die Generalprobe stattfinden und am Sonntag darauf die Aufführung, in einem Theater voller nachsichtiger und fröhlicher Menschen. Bisher hatte ich mir die Aufführung als persönlichen Triumph von mir und meiner Freundin vorgestellt, der im Begeisterungstaumel, der die ganze Stadt ergriff, unsere innige Verbundenheit auf ewig besiegeln würde. Während wir nun langsam nach Hause gingen, erschien mir jedoch der Tag, der bald kommen würde, als ein Tag des Ab- schieds.

Am Nachmittag des Tages darauf ging ich zur Generalprobe ins Theater, und ich empfand so deutlich wie noch nie zuvor, daß es unendlich traurig war, arm zu sein, denn die Armut ver- schwand plötzlich und tauchte genauso unerwartet, wenn ich das Glück wiedergefunden zu haben glaubte, wieder auf und zer- störte es gnadenlos. Das Theater befand sich im ältesten Viertel der Stadt, in dem die reichen Familien wohnten. Das Viertel be- stand aus ungefähr einem Dutzend enger und kurzer Straßen mit Stadtpalästen aus rotem Ziegelstein, die zum Schutz gegen die Kälte doppelte Fenster besaßen, die in große, jahrhundertealte

Mauernischen eingelassen waren, deren Bögen und Säulen man jedoch aufgrund ihres Alters geschont hatte; und die Straßen mündeten alle auf einen Platz, auf dem sich das Theater, eine Kirche und ein Brunnen befanden. In jenem Viertel war es immer ganz leise, die Haustore waren geschlossen, und auf der Straße spielten keine Kinder, als ob hier niemand wohnte. An diesem Nachmittag waren aufgrund der großen Hitze auch die Fenster geschlossen, die Straßen wirkten noch leerer als sonst, und ich befürchtete, die Bewohner könnten ihre Häuser verlassen und sich vorzeitig in ihre Sommerhäuser begeben haben. Ich sah mich ganz allein in der ausgestorbenen Stadt, allein mit der Witwe und ihrer Tochter, und den beiden kraftlosen Frauen, in die sich meine Mutter und meine Großmutter verwandelt hatten. Ich rannte in Richtung Theater. Auch das Theater besaß wie die Stadtpaläste eine Fassade aus verwitterten Ziegeln, und zwei Reihen großer, in die Mauer eingelassener Fenster; schweigend lag es da, nur die schwerfällige braune Tür stand halb offen. Ich stieß sie schnell auf. Im Korridor kam mir meine Freundin entgegen, die auf mich gewartet hatte und mir ein schwarzes Stöckchen mit einem silbernen Knauf in die Hand drückte. Ein ähnliches Stöckchen wurde in einer Bühnenanweisung zu Beginn der Komödie erwähnt, in der es hieß, die Person, die ich spielte, müsse gewisse Gesten eben mit einem Stöckchen mit Silberknauf ausführen. Uns schien, daß das Stöckchen meiner Rolle einen Anstrich von Lächerlichkeit gab, und deshalb hatten wir darauf verzichtet und die Gesten gestrichen, die ich mit dem Stöckchen vollführen sollte. Aber nachdem meine Freundin das Textbuch noch einmal gelesen hatte, kam sie zu der Überzeugung, daß das Stöckchen unbedingt notwendig sei, sie hatte sich Bewegungen einfallen lassen, die anders waren als die am Anfang des Aktes angegebenen; sie hatte die Zustimmung des Regie führenden Lehrers eingeholt und ließ mich jetzt noch einmal schnell meinen Text lesen, wobei sie betonte, wie sehr das Stöckchen den Frack und den Zylinder aufputzte. Als wir nach der Probe, die hervorragend gelaufen war und alle Anwesenden zufriedengestellt hatte, das Theater verließen, erzählte mir meine Freundin, daß sie das Stöckchen genau nach den Angaben im Textbuch hatte anfertigen lassen, und sie sagte mir, daß sie es nach der Aufführung braun färben lassen wolle, damit ich es auch am Sonntag zum Spazierengehen tragen könne. Wenn wir von dem Sommeraufenthalt zurückkämen, solle ich sie an den Sonntagnachmittagen zu Hause abholen, und dann würden wir gemeinsam im Park oder auf dem Platz unter den Linden spazierengehen. Ich dankte ihr, fand jedoch nicht die Worte, die sie offensichtlich von mir erwartete. Sie hängte sich bei mir ein und begleitete mich nach Hause, als würde sie die Gründe meiner Verwirrung kennen. Als sie mich verlassen hatte, war ich zutiefst gerührt. Es würde schön sein, an ihrer Seite im Park spazierenzugehen, auf dem Platz unter den Linden, auf den breiten Promenaden, inmitten anderer Paare, anderer Gruppen von Jungen und Mädchen, und vielleicht würden wir sogar bis zum grauen Haus gelangen. Nach den Proben hatten wir immer einen Spaziergang durch die Stadt gemacht, und ich wußte, was es hieß, von allen mit Wohlwollen und Bewunderung betrachtet zu werden. Ich ging in mein Zimmer und trat ans Fenster. Ich spürte das Verlangen, in den Garten hinunterzugehen, aber dort waren die Kinder unserer Mieter. Da verließ ich aufs neue das Haus und begab mich an den Stadtrand. Das Land und der Sommer mit seinem Licht und seinen Tönen hatten sich über alle Hindernisse hinweggesetzt und kamen mir nun in neuem Glanz entgegen. Ich machte eine große Runde, ohne die Stadt zu verlassen, dann kehrte ich nach Hause zurück. Ich stellte mir vor, wie ich in Begleitung meiner Freundin auf vertrauten und auf unbekannten Straßen und Plätzen spazierenging, ich stellte mir vor, wie ich mich unter der blühenden Laube einer friedlichen Villa ausruhte, während wir uns an den Farben der Pfaue und Kraniche erfreuten. Wie ich so dahinging, fand ich mich plötzlich auf dem Platz mit den Linden wieder. Ich sah mich um: Ich war nicht weit vom Haus der Witwe entfernt. Ein Mädchen kam aus dem Haustor gelaufen, und ich zuckte zusammen, es war jedoch nicht die Tochter der Witwe. Bestürzt über meine eigenen geheimen Gedanken, die mich gegen meinen Willen hierher geführt hatten, ergriff mich wieder Unruhe bei dem Gedanken, daß mich die Witwe, wie sie mehrmals geäußert hatte, mit ihrer Tochter verheiraten wollte, sobald ich alt genug war, und wie im Bann einer geheimnisvollen Kraft ging ich auf die Tür des Hauses zu.

Ich lief geradewegs meiner Mutter in die Arme, die die Witwe besucht hatte. Sie sah den Stock in meinen Händen, den ich nicht bei meinem Kostüm in der Garderobe gelassen hatte, und fragte mich, wer ihn mir gegeben hätte. Ich antwortete, eine Schulfreundin hätte ihn mir geschenkt. Meine Mutter strich mir schüchtern über das Gesicht und erklärte, ich solle keine Geschenke annehmen, denn aufgrund unserer Armut könnte ich sie nicht erwidern. Plötzlich kam mir der Gedanke, daß auch meine Freundin von mir ein Geschenk erwartete. Ich betrachtete das Stöckchen und begriff, daß ich ihr nichts schenken konnte, was ihm an Eleganz ebenbürtig war. Und dabei war ich überzeugt davon, daß meine Zukunft davon abhing, ob ich das Geschenk erwidern konnte oder nicht. Wenn es mir gelang, würde ich endgültig der Welt meiner Freundin angehören und mich von der

Armut und den kein Ende nehmenden Demütigungen und Sorgen befreien, die damit verbunden waren. Ich zwang die Mutter und die Großmutter, die Schubladen ihrer Möbel nach irgendetwas zu durchsuchen, was ich meiner Freundin hätte schenken können, und beobachtete atemlos ihre Suche, aber sie fanden absolut nichts Passendes. Nach dem Abendessen begleitete ich meine Mutter und meine Großmutter, die aufs neue zur Witwe gingen, und meine Niedergeschlagenheit und meine Wut nahmen mit jedem Schritt zu. Die Frauen betraten das Zimmer der Witwe, um sich ein Kleid anzusehen, das die Schneiderin gerade erst gebracht hatte. Das Mädchen folgte ihnen auf Zehenspitzen und machte mir ein Zeichen, ich solle schweigen. Ich blieb allein zurück. Auf einem kleinen Tisch im Wohnzimmer lag Geld. Es war zu wenig, um damit ein Geschenk zu kaufen, aber ich nahm es trotzdem. Die Abendgesellschaft dauerte bis spätabends, und als wir nach Hause kamen, war ich müde und aufgeregt und ging bald schlafen. Als wir am nächsten Tag im Theater zum letzten Mal ein paar Szenen probten, hatte ich den Eindruck, daß meine Freundin mir gegenüber weniger herzlich war als sonst; kaum waren wir mit der Arbeit fertig, ging sie mit ihrem Bruder weg, und ich fand nicht den Mut, sie zu begleiten. Zu Hause erwartete mich meine Mutter und drückte mir eine Modezeitschrift in die Hand, die ich der Witwe bringen sollte. Mit einem Gefühl tiefsten Widerwillens machte ich mich auf den Weg zur Piazza: Mich bedrückte nicht nur die abweisende Haltung meiner Freundin, sondern auch die Angst, der Witwe wieder vor die Augen zu treten. Auf demselben Tisch wie am Abend zuvor lag wieder Geld, ich nahm es und lief davon. Ich stürzte die Treppe hinab, aber sobald ich auf dem Gehsteig war, blieb ich wie angewurzelt stehen. Draußen auf dem Platz spielten eine Menge Kinder Wasserhüpfen, sie bewegten sich ruhig im Kreis, unter den Bäumen. In einer Ecke des Platzes schrie und diskutierte ein Polizist mit einer Gruppe Jungen, deren Ball er beschlagnahmt hatte. An einem Tischchen des Cafés sah ich meine Freundin und ihren Bruder mit einer sehr eleganten jungen Frau sitzen, die ich nicht kannte. Zitternd vor Aufregung versteckte ich mich hinter einem Baum. Hier blieb ich lange stehen, an den Baumstamm gelehnt, ohne daß ich mich von der Stelle rühren konnte. Ich wäre gern zu meiner Freundin und den anderen Kindern gelaufen. Dann dachte ich, ich sollte nach Hause gehen, ohne mich von jemandem sehen zu lassen. Aber ich konnte mich nicht entscheiden. Irgendetwas in mir ging nicht weiter. Ich unterdrückte den Gedanken, daß ich das Geld, das ich auf beide Taschen aufgeteilt hatte, der Witwe gestohlen hatte. Aber genau das Geld machte mich so befangen. Wäre meine Freundin allein gewesen, ich wäre zu ihr gelaufen und hätte ihr mein Leid geklagt, ich hätte ihr erklärt, weshalb ich ihr Geschenk nicht erwidern konnte, ich hätte ihr auch von meinem Diebstahl erzählt und ihr das Geld der Witwe gegeben, damit sie es an einem geheimen Ort wegwarf. Aber meine Freundin beugte sich zu der jungen Frau, die ihr über das Gesicht strich. Auf dem Platz wurde es langsam dunkel, nurmehr die Kinder standen im Sonnenlicht, und sie wurden fröhlicher, wenn ein Sonnenstrahl sie traf. Schließlich gingen meine Freundin, ihr Bruder und die junge Frau, die bei ihnen war, und auch ich setzte mich langsam in Bewegung. Ich ging in eine andere Richtung als sie, ich drückte mich an den Häusern des Platzes entlang und betrachtete die Sonne und die Kinder. Ich war erschöpft, als hätte ich eine große Anstrengung hinter mir, und ich begriff, daß das Geld, das ich der Witwe gestohlen hatte, auch an meiner plötzlichen Müdigkeit schuld war, und daß ich nun nichts mehr tun konnte, ohne an das Geld zu denken. Plötzlich spürte ich den Wunsch, mich davon zu befreien, ich überlegte, ob ich meiner Freundin einen Strauß Blumen kaufen sollte; da ich sie jedoch nicht in meine Schuld verwickeln wollte, beschloß ich, es für etwas auszugeben, was einzig und allein mir gefiel. In der Auslage einer Konditorei sah ich ein Häufchen großer, schwammartiger Bonbons. Ich kaufte sie und aß alle auf einmal auf. Dann kaufte ich noch mehr Süßigkeiten. Als es dunkel wurde, kehrte ich nach Hause zurück. Noch wärend wir bei Tisch waren, kam die Witwe. Sie nahm meine Mutter und die Großmutter beiseite und flüsterte ihnen leise, jedoch auch für mich deutlich hörbar zu, daß ich ihr zweimal Geld gestohlen hatte. Das zweite Mal hatte sie das Geld nur deshalb auf den Tisch gelegt, um mich der Tat zu überführen. Meine Mutter weinte, und meine Großmutter schalt mich und prophezeite mir eine traurige Zukunft. Sie schwor auch, meinem Vater zu schreiben, der mich strenger bestrafen würde, als sie, zwei arme, alleinstehende Frauen, es tun konnten, und sie sagte, sie sei glücklich, daß der Großvater tot war und diese Schmach nicht miterleben mußte. Aber die Witwe erwiderte beinahe fröhlich, daß Kinder Fehler machen, und daß es allein darauf ankäme, daß sie diese wieder rechtzeitig gutmachten. Sie blieb einige Stunden bei uns und lächelte mir und ihrer Tochter zu, lobte meine Tüchtigkeit als Schüler und Schauspieler, und gebot meiner Mutter und meiner Großmutter zu schweigen, sobald diese wieder anhoben, mir Vorwürfe zu machen. Wie immer bat sie mich, sie zum Haustor zu begleiten. Sie sagte mir, ich sei sehr schön, noch schöner als sonst. Ich hätte dieselbe Stirn und dieselben Augen wie mein Vater, und der Seitenscheitel stünde mir sehr gut. Sie erinnerte mich daran, daß sie für die Aufführung bereits eine Loge im ersten Rang reserviert hatte, sie streichelte

mich und fügte hinzu, ich solle mir keine Sorgen wegen der Vorwürfe der Mutter und der Großmutter machen: Sie würde morgen alles in Ordnung bringen, wenn sie Gelegenheit hätte, allein
mit ihnen zu sprechen. Sie öffnete ihre Tasche und schenkte mir
ein paar Lire. Da wußte ich, daß ich ihr auf immer und ewig aus-
geliefert war. Wenn ich ihr Geld nicht genommen hätte, hätte ich
mich noch retten können, aber die paar Lire, die sie mir auf der
Schwelle gegeben hatte, bevor sie ging, schmerzten mich am meisten. Sie hatte mich verführt, Schuld auf mich zu laden, und jetzt
belohnte sie mich für die Tat. Vielleicht hätten mich meine
Freundin, ihre Mutter, ihr Bruder und die schöne, elegante Frau,
die ich im Café gesehen hatte, beschützt und unterstützt, wenn
ich mich ein paar Augenblicke früher zu ihnen geflüchtet hätte,
und ich wäre auf immer zu ihnen in ihre Villa gezogen. Eine ver-
rückte Idee ergriff mich. Ich würde dem Publikum von der Bühne
herab mein ganzes leidvolles Leben erzählen, ich würde von meinen früheren Besitztümern erzählen, den Ländereien, den Städten, Gärten und Freunden und von dem armseligen Zustand, in
dem ich mich nun befand. Ich würde alles erzählen. Von meiner
Hochzeit, die bereits abgemachte Sache war, von dem Geld, das
ich gestohlen und das ich als Geschenk angenommen hatte. Und
ich würde das Publikum bitten, mich zu retten, mich von meinem
augenblicklichen Dasein und den Menschen, die mich erstickten,
zu erlösen. Aber im gleichen Augenblick noch sah ich die Witwe,
die in einer Loge im ersten Rang saß und sich von den Männern
um sich herum bewundern ließ, und die es mir mit ihrem unergründlichen und finsteren, gleichzeitig schmachtenden und belustigten Blick verbot.

für Leone Piccioni

Die eisige Wand des Argwohns und der Verständnislosigkeit zwischen mir und den Menschen erhob sich, als ich sechszehn Jahre alt war, zur Zeit der Abschlußprüfung im Gymnasium. Ich hatte die Zeit der Dürre erlebt, als die Bewohner von Stadt und Land verzweifelt und wie am Boden zerstört waren, als die Pflanzen immer weniger wurden, bis sie schließlich ganz verschwanden, ich hatte gesehen, wie die Straßen am Rand der Felder, wo es keine grünen Raine, keine Weißdorn- und Hartriegelhecken mehr gab, einen immer armseligeren Anblick boten und schließlich zu langgezogenen Staubhügeln wurden, auf denen sich Bauern, Tiere und Arbeiter dahinschleppten, auf der Suche nach irgendeiner Frucht oder einem Grashalm; ich hatte gesehen, wie Land und Menschen sich in jenen Tagen verzweifelt gegen die unerträgliche Knechtschaft wehrten, die ihnen vom Himmel auferlegt wurde, und wie sich die Meinen freudig und feig gegen den Großvater zusammenschlossen. Aber dann eines Morgens war das Grün des Tales, der Weinberge und der bewaldeten Hügel wieder zum Vorschein gekommen und leuchtete mit neuer Kraft, und ich hatte gesehen, wie sich die Landbewohner bemühten, ihre Anwesen noch fruchtbarer werden zu lassen als zuvor, wie sie sie mit größerer Umsicht bewässerten und neue Baumarten pflanzten, die mir sehr gefielen, zum Beispiel Haselnußsträucher und Maulbeerbäume, deren Beeren zuerst weiß waren und sich dann langsam dunkel färbten. Und die zwiespältige Haltung meiner Eltern hatte auch keine Spuren in meiner Seele zurückgelassen, jeglicher Rest von moralischem Urteil oder Groll war verschwunden, als die Pflanzen im Garten und draußen auf dem Land wieder grünten.

Als wären Dürre und Armut nicht genug, starb nun auch der Großvater, und sein Tod schmerzte mich mehr als alles andere: eine Trennung, deren Art und Weise, wie er mich verlassen hatte, mich mit Angst und Staunen erfüllte. Anders als meine Mutter und meine Großmutter ließ ich mich jedoch nicht zu dramatischen Verzweiflungsausbrüchen hinreißen, trotz meiner Liebe zu diesem Mann, der so anders gewesen war als alle anderen, und den ich bei allen seinen Unternehmungen verteidigt, unterstützt und verstanden hatte. Der Großvater war gestorben, und ich war nicht bei ihm gewesen, hatte ihm in den letzten Augenblicken seines Lebens nicht Gesellschaft geleistet und nicht mit ihm gesprochen, hatte ihm nicht beistehen können. Es geschah an einem Donnerstagmorgen im Frühling; an diesem schulfreien Tag unternahmen die männlichen Schüler des Gymnasiums unter der Führung des Mathematiklehrers immer eine lange Wanderung auf den Gipfel des Monte Luca, des höchsten Berges in der Umgebung, der seinen Namen einer alten Kapelle verdankte, die genau auf dem Gipfel stand und nach dem Apostel Lukas benannt war; inzwischen war sie zu einem Unterschlupf für Holzfäller und Köhler geworden, ihr kleines Kreuz war von einem Blitz gespalten, und dichtes, undurchdringliches Unterholz, sowie das Laub der Eichen und Buchen reichte bis an ihre Mauern heran, die von Zeichen und Inschriften bedeckt waren. Wir trafen uns immer vor dem Gymnasium, und nachdem wir durch flaches Land und über die Straße gewandert waren, die einige Kilometer den Fluß entlang verlief, erreichten wir eine mittelalterliche Burg, die am Abhang des Berges lag und von der der Burghof und einige Befestigungsmauern unversehrt erhalten waren. Wir tranken am Brunnen in der Mitte des Hofes, und da jeder von uns als erster den Eimer heraufziehen wollte, liefen wir schon aus einer Entfernung von zweihundert Metern zu zweit oder zu dritt los, einer von uns bemächtigte sich des Eimers und begann, gedeckt von den Kameraden seiner Gruppe und der Brunnenwand hinter sich, die anderen erbarmungslos mit Wasser zu bespritzen, egal, ob es Sommer oder Winter war, bis ihn die Kräfte verließen und er von einem letzten verzweifelten Gemeinschaftsangriff der anderen überwältigt wurde. Der Brunnenhof war von einem niedrigen, im Lauf der Jahrhunderte verwitterten Steinmäuerchen umgeben: Unser Lehrer, der im Klassenzimmer ein mürrischer und fordernder Mann war, saß auf dem Mäuerchen und ließ den Blick über die Burgruine und das lückenhafte Pflaster im Hof schweifen, wo sich das Gras, das zwischen den einzelnen Steinen hervorlugte, in enormer Weise ausgebreitet hatte; und er duldete es, daß wir uns bis zur Erschöpfung prügelten und uns dann keuchend auf dem Pflaster ausstreckten oder uns auf das Mäuerchen setzten, wo uns im Sommer ein leichter Wind streichelte und erfrischte, der, wie immer bei alten Festungen, hinter den Mauerresten hervorkam.

Der Lehrer hatte uns bereits mehrmals die Geschichte dieser Burg erzählt, vom gräflichen Abt bis zu den Langobardenfürsten und der Zeit der Stadtrepubliken, als sie in meiner Heimat zum Vorposten einer nicht weit entfernten und inzwischen verfallenen Stadt geworden war. Ich beobachtete aufmerksam den Lehrer, und ich glaubte, in seinem Blick, der zwischen den Mauern und dem Hof hin- und herschweifte, dasselbe Staunen über eine derart vielfältige Geographie zu lesen, wie auch ich es empfand – wie gern wäre ich doch ein Bürger jener kleinen, jedoch massiven und starken alten Stadt gewesen, in deren Steine sich die Spuren einer Jahrtausende alten Geschichte eingegraben hatten – aber auch Staunen über die Sorglosigkeit der Menschen, die die Zerstörung der Burg nicht verhindert und mich somit um wer weiß wieviel Stoff für meine Phantasie gebracht hatten.

Nachdem wir uns ausgeruht hatten, nahmen wir unseren Aufstieg zum Gipfel des Monte Luca wieder auf. Hinter der Burg führte die Straße durch einen hohen und sauberen Wald, und im April wurde sie von Kaskaden dichter und duftender Weißdornhecken gesäumt, und im Mai noch dazu von Ginsterbüschen, die ein buntes Durcheinander unter die Pflanzen brachten. Der Weg befand sich in gutem Zustand, er war eben wie eine Straße in der Stadt, und es begegneten uns Karren, Wagen, Männer auf Eseln und hin und wieder auch ein Lastwagen.

Als wir die Kapelle erreicht hatten, warfen wir einen Blick auf die Mauern, ob es neue Inschriften gab, und wenn dies der Fall war, kommentierten wir sie ausführlich. Dann setzten wir uns im Kreis nieder und warteten, bis uns der Lehrer aufforderte, unsere Rucksäcke zu öffnen und zu essen. Nach dem Essen sammelten wir das Papier ein, legten es in der Kapelle auf einen Haufen und zündeten ihn an; sobald der Rauch durch ein Loch entwichen war, das jemand in der Decke direkt neben dem Kreuz gebohrt hatte, streckten wir uns unter den Bäumen aus, jeweils neben dem, für den wir Sympathie oder Freundschaft empfanden, einige legten ihren Kopf auf einen Baumstumpf, und so ruhten wir uns eine Stunde aus. Mit dem Lehrer unterhielten wir uns über die Geschichte und die Vegetation dieser Landschaft; er, der in einer anderen Schule der Stadt, zu der auch ein Mädcheninternat gehörte, Naturkunde unterrichtete, war ein leidenschaftlicher Liebhaber der Botanik und kannte die Namen aller Pflanzen, er wußte alles über ihr Leben, über ihr plötzliches Erscheinen auf der Erde und ihr plötzliches Verschwinden, über die mächtige Herausforderung, die sie für die Jahrhunderte darstellten.

Er saß auf einem großen Stein in unserer Mitte, mit aufrechtem Oberkörper, hellen Augen hinter der runden Goldbrille, hellbraunen, fast blonden, gekrausten Haaren, die sich über der Stirn lichteten. Unsere Fragen und seine Antworten folgten unablässig aufeinander. Jene Seite des Monte Luca, auf der wir hinaufstiegen, war nicht sehr reich an Vegetation, aber er erzählte uns, daß sich weiter im Süden, etwa hundertfünfzig Kilometer von uns entfernt, ein Bergmassiv befände, das schon von weitem zu sehen war, weil sich die dunklen Kastanien- und Eichenwälder deutlich gegen das Grau eines weiten Tales abhoben, das aus bleichem Kreidegestein bestand; auf diesem Bergmassiv, unter dem sich alte Dörfer und Marktflecken befanden, hatte man hundertfünfzig verschiedene Pflanzenarten gezählt. Reich an Wasser, war es früher einmal genauso reich an Geschichte gewesen, und neben vielen Burgen und Festungen befand sich dort auch ein berühmtes Kloster, das ein Ziel von Päpsten, Kaisern und Königen gewesen war, von König Racis bis Karl dem Großen, und in den Jahrhunderten vor dem Jahr Eintausend war es von jungen Geistlichen besucht worden, die zu Studienzwecken hierherkamen und sogar aus Deutschland, aus Städten wie Mainz anreisten und die die unglaubliche Reise auf dem Rücken eines Esels zurücklegten. Bei jedem Ausflug unterhielten wir uns über das Gebirge und seine Vegetation, über die Langobarden und die kriegerischen Äbte, die Ruhepause verflog wie im Nu, und wir begaben uns wieder auf den Heimweg, voller Verwunderung über das, was uns der Lehrer erzählt hatte und was er uns auf dem Weg nach unten noch immer erzählte. Wir gingen auf einer anderen Straße zurück als auf dem Hinweg, die sich auf der anderen Seite des Hügels befand und genauso sauber und eben war. Sie war stiller und verlassener, ein richtiger Waldweg, der unter anderem auch deshalb etwas düster war, weil er nach Sonnenuntergang völlig im Schatten lag, und je weiter wir ins Tal kamen, desto mehr verschmolzen die Baumstämme mit der Masse des ohnehin dichten Unterholzes. Am Fuße des Berges führte der Weg an einem alten Kloster vorbei, das früher einmal am Ufer ausgedehnter und hartnäckiger Sümpfe gelegen hatte, die rund um einen See vulkanischen Ursprungs entstanden und vor vielen Jahrhunderten von einer Unzahl von Mönchen trockengelegt worden waren.

Im Gegensatz zur Burg bot das Kloster noch immer reichlich Nahrung für unsere Vorstellungen, wie es früher einmal gewesen sein könnte: zwei Kirchen, wovon eine winzig und aus grauem Stein war, das Gästehaus, das früher einmal direkt am Sumpf gelegen haben mußte, ein langer, flacher Ziegelbau mit zahlreichen Klosterzellen, der auf einer Seite von einem Kreuzgang gesäumt wurde und so weitläufig war wie eine Piazza, den wir jedoch aufgrund des rosa Staubs der zerfallenen Ziegel nicht betreten konnten, und vor dem unversehrt gebliebenen Säulengang befanden sich riesige Hallen, die von den Bewohnern der spärlichen Häuser auf der anderen Seite der Straße als Kohlelager benutzt wurden. Aber das, was uns Kinder am meisten erstaunte, waren die noch immer massiven, hohen Einfriedungsmauern, die alle zwanzig Meter mit bauchigen Wehrtürmen geschmückt waren, an deren

Schießscharten sich Spuren von flüssigem Teer befanden, und die noch immer funktionierende Zugbrücke über dem tiefen Burggraben, von der die Bauern und der Priester, der im Inneren des Klosters in einem Haus neben der Kirche wohnte, Brennesseln, Unkraut und Steine entfernten.

Es war noch früh am Nachmittag und wir nahmen, ohne uns sonderlich zu beeilen, den Kampf um die Zugbrücke auf, nachdem wir uns in zwei gleich große Gruppen aufgeteilt, den Abt und den Langobardenfürst gewählt, Infanteristen und Kavalleristen bestimmt hatten. Um zu siegen, mußte die Gruppe, die sich außerhalb der Mauern befand, in den großen Hof eindringen, und wer von den Verteidigern gefangengenommen wurde, mußte unter der Aufsicht eines von ihnen brav in einem Kohlelager sitzenbleiben. Es galt als Ehrensache, nicht zu fliehen. Die Brücke und die nahen Wehrtürme, die seit Jahrhunderten verlassen waren und selbst dem armen Landleben gegenüber ihre stolze Zurückhaltung bewahrt hatten, erschallten vom Lärm unserer Stimmen. Nachdem sich der Lehrer vergewissert hatte, daß keiner von uns einen Stein, einen Eichenast oder den Zweig eines Hartriegelstrauches in der Hand hielt, unternahm er einen kleinen Spaziergang in die Ebene und machte in einer Landschenke oder in einem Bauernhaus halt, wo es Schafe gab und man frischen Käse für ihn bereithielt. Bei seiner Rückkehr entschied er aufgrund der Position der beiden Gruppen und des Terrains, das die eine oder die andere verloren hatte, wem der Sieg gebührte. Wir nahmen seinen Urteilsspruch bereitwillig an und begaben uns wieder auf den Heimweg: Auf einer Straße, die derart tief zwischen zwei Feldern eingekeilt war, daß sie wie ein Kanal aussah, erreichten wir die Landstraße, auf der wir, nachdem wir den Berg hinter uns gelassen hatten, in jenen Teil der Stadt gelangten, der am Fluß lag.

Um nichts auf der Welt hätte ich auf den wöchentlichen Ausflug verzichtet. Ich war damals ein ruhiger, lerneifriger Junge, der nicht allzu leicht Freundschaft mit Gleichaltrigen schloß, und ich beteiligte mich auch kaum an den Spielen der anderen, sofern ich nicht von meinen wenigen, ganz engen Freunden dazu aufgefordert wurde; zwei von ihnen waren Klassenkameraden und wohnten in derselben Straße wie ich, der dritte war ein Lehrling, der in einem großen Textilgroßhandel arbeitete, und wiederum ein anderer war der Sohn eines Tischlers, der seinem Vater bereits im Laden half und der uns jeden Tag, aufgrund seines Hanges zur Perfektion und des verzweifelten Wunsches, die Armut mit Arbeit zu besiegen, von den Fortschritten erzählte, die er im Umgang mit komplizierten und gefährlichen Werkzeugen erzielte. Alle diese Freundschaften waren vor einiger Zeit aufgrund beidseitiger Sympathie im Klassenzimmer oder beim Fußballspielen auf dem Sportplatz entstanden. Im übrigen waren die Stunden, die ich nicht in der Schule oder mit Lernen verbrachte, völlig von den Vorfällen in meiner Familie ausgefüllt, von den Unternehmungen des Großvaters und meiner Phantasie, die nur eines winzigen Anstoßes bedurfte, um unseren kleinen Garten in einen riesigen, von Elefanten, tropischen Vögeln und wilden Tieren bevölkerten Urwald zu verwandeln.

Und dennoch war ich bei den Ausflügen am Donnerstag wie ausgewechselt: Alle Kameraden schlossen an diesem Tag Freundschaft, und der Lehrer, mit dem man während der Schulstunden nur eine rein schulische Beziehung aufrechterhalten konnte, wurde zu einem gebildeten und angenehmen Gefährten, der unsere Neugier und unseren Wissensdurst mit den fachkundigsten Auskünften zu stillen verstand. Ich wurde genauso laut und ungestüm wie die Kräftigsten, Heftigsten und Hinterhältigsten meiner Gefährten, ich ersann Listen und Strategien, die meine Gefährten nie voraussehen und kaum abwehren konnten, so daß ich sogar einmal zum Langobardenfürst und einmal zum Abt gewählt wurde. Im Winter verschwieg ich Erkältungen und leichtes Grippefieber, um am Ausflug teilnehmen zu können. Wenn es regnete, verschoben wir die Wanderung auf einen anderen Tag, und die Langeweile, die sich auf Stadt und Land senkte, ergriff unweigerlich auch von meiner Seele Besitz, und ich mußte mir sehr große Mühe geben, um mich mit Phantasien zu entschädigen.

Um auf den Monte Luca zu steigen, verließen wir für gewöhnlich um acht die Stadt und kehrten am Abend gegen sieben zurück. Eines Donnerstags in der Früh weckten mich die Großmutter und die Mutter schon um sechs: Der Großvater hatte sich in der Nacht nicht wohlgefühlt, er hatte stundenlang gejammert, von seinem Neffen in Sizilien und seiner langobardischen Herkunft gesprochen, dann war er eingeschlummert, um sofort wieder aufzuwachen und ein eben erst erfundenes Gedicht aufzusagen, in dem die Hauskatze und ich vorkamen: Ich und die Katze waren mit einem Gewehr bewaffnet in ein fernes Dorf gezogen, um dort Überfälle zu begehen und vor allem, um einem seiner Freunde die Brieftasche zu stehlen. Da der Großvater nicht mehr der jüngste war, hatte es die Großmutter mit der Angst zu tun bekommen und sich mit meiner Mutter und mir beratschlagt. Man schickte mich, den Arzt zu holen, einen alten und klugen Freund des Hauses, der seit Jahrzehnten über alle Vorfälle in unserer Familie Bescheid wußte und der uns hin und wieder behandelte, ohne uns zu untersuchen: Er blieb ganz einfach in seiner Praxis und ließ sich nicht abhalten, seine Romane und Geschichtsbücher zu lesen.

Als ich kam, saß er bereits angekleidet im Salon und trank Kaffee, und er folgte mir sofort. Unterwegs sagte er zu mir: »Es kann keine Arteriosklerose sein, ich habe erst vor zwei Tagen mit deinem Großvater Karten gespielt. Er ist nicht krank, aber schon viel zu alt: Das macht mir Sorgen. Eines Tages wird er verlöschen wie eine abgebrannte Kerze: er wird an Altersschwäche sterben.«

Ich zitterte: Obwohl ich wußte, daß der Tod auf der Welt allgegenwärtig war – dieser Tage war ein Schüler aus meiner Klasse an Hirnhautentzündung gestorben – wollte ich nicht, daß der Großvater mich verließ. Wie damals während der Dürre weigerte ich mich zu glauben, daß er so sein sollte wie alle anderen auch. Er war gesund, ich hatte ihn in seinem bisherigen Leben nicht einmal niesen gehört, und inzwischen führte er ein geregeltes Leben, er las, ging ins Café und lag im Bett. Jedes Jahr fuhr er im Sommer zur Kur, von wo er mir immer dieselbe graublaue Karte schickte, mit einem Heißluftballon darauf, der auf einem Platz des Kurorts festgebunden war.

Der Arzt ließ sich von der Großmutter erzählen, wie der Großvater die letzten Tage zugebracht hatte. Einmal abgesehen von der fixen Idee, er stamme von einem Langobardenfürsten ab, der sich vor Jahrhunderten in der Lombardei niedergelassen hatte und dann im Gefolge von Cillane, einem Anführer der Etrusker, ins Zentrum unserer Halbinsel vorgedrungen war, einem Interesse, das jedoch nie das Ausmaß seiner Leidenschaft für das Gut angenommen hatte – harmlose Schwärmereien, sagte auch die Großmutter, mit denen er sich die Zeit vertrieb – war der Großvater nicht im mindesten von seinen Gewohnheiten abgewichen. Er hatte dem Neffen in Palermo geschrieben und ihn gebeten, wappenkundliche Nachforschungen über unsere Familie anzustellen. Nach einem Monat hatte der Großvater ein Wappen erhalten, mit einem Helm und roten und blauen Federn darauf, unter dem stand: »Aus dem historisch-wappenkundlichen Verzeichnis aller adeligen und notablen Familien des Commendatore Giovan Battista di Crollalanza geht hervor, daß dieses Wappen von einer aus dem Piemont stammenden Familie getragen wurde. Es waren die Herren von Piobesi«.

Nun konnte sich der Großvater nicht entscheiden zwischen den Herren von Piobesi und Cillanes Krieger. Er fragte mich und meine Mutter, die studiert hatte und beinahe Lehrerin geworden wäre, was wir über die Langobarden wußten; er verlangte von uns, daß wir ihm vorlasen, was in meinem Geschichtsbuch und in den alten Schulbüchern, die meine Mutter aufgehoben hatte, stand und in denen sich seiner Meinung nach die Resultate der neuesten Forschungen befanden. Wenn meine Mutter ihm erzählte, die Langobarden seien barbarische Germanen gewesen, schwieg er. Ein Papst, Gregor I., so stand in meinem Buch zu lesen, erwähnte sie in seinen *Dialogen* als »grausame Menschen«, die über die Leichen von uns Italienern gingen, und er fügte hinzu, daß »unser Land nun leer und ausgestorben« sei und es »niemand mehr bewohnte«. Die Invasion war für Nord- und Mittelitalien eine Plage gewesen, Häuser und Kirchen waren geplündert, Menschen ihrer Länder beraubt worden, und überall hatte es Tote gegeben. Der Großvater bestand darauf, daß wir ihm immer wieder erzählten, wie Agilolf, der Herzog von Turin, Italien erobert und wie König Rotari Genua besetzt hatte. Er suchte Details über die Eroberung von Lucca und über die Grafen von Donoratico, zweier Städte, die von der unsrigen nicht weit entfernt waren; aber ich und meine Mutter wußten nur das, was in den Geschichtsbüchern und in den Lesebuchgeschichten stand, die sich an historische Fakten hielten. Hin und wieder gab es zwar bibliographische Hinweise, aber dann handelte es sich um alte Bücher, die für uns und den Großvater nicht zugänglich waren. Da Agilolf Graf von Turin war, und Turin und Piobesi sich im Piemont befanden, war der Großvater schließlich zu der Überzeugung gekommen, daß Wappen, Stammbaum und Geschichte zusammengehörten: Er stammte von einer adeligen, langobardischen Familie ab.

Die Großmutter betrachtete ihn lächelnd und sagte kopfschüttelnd zu ihm, daß er und sein Vater riesige Groß- und Detailhandelslager besessen hatten, in denen Waren aller Art verkauft wurden, daß er sich von seiner Familie losgesagt hatte, um unabhängig zu sein, und daß er ein Hotel eröffnet hatte. Soviel sie wußte und soviel alle in der Stadt wußten, war seine Familie seit Generationen eine Familie von Kaufleuten gewesen. Keine Spur von Cillane, Agilolf und Piobesi. Aber da der Großvater sich aufregte und sie anflehte, sich nicht in seine Gedanken einzumischen, sagte sie zu ihm, im Alter würden alle ein wenig kindisch und er solle ruhig seiner Herkunft nachforschen, deren Spur sich im Lauf der Zeit verloren hatte. Sie war sogar glücklich darüber, denn auf diese Weise konnte er nichts anstellen.

Ich mißbilligte das Verhalten der Großmutter, denn unter welchem Aspekt ich es auch betrachtete, konnte ich darin nur Mitleid und auch Verachtung erblicken. Von meinem Geschichtslehrer und aus den Büchern wußte ich, daß in unser Land ein Volk nach dem anderen eingefallen war und Stadt und Land verwüstet hatte. Ich dachte, daß sich die Herkunft einer Familie höchstens einige Jahrhunderte zurückverfolgen ließe. Niemand konnte jedoch wissen, was vorher gewesen war, und somit war es nicht ausgeschlossen, daß sich unter unseren Vorfahren in grauer Vorzeit ein langobardischer, normannischer, gallischer oder sarazenischer Fürst befunden hatte.

Der Arzt hatte die Reflexe des Großvaters geprüft, mit ihm ein paar Worte über einen jahrelang zurückliegenden Vorfall gewechselt, als in unserer Straße an einem Markttag ein Pferd durchgegangen war, und er sagte sofort: »In dieser Hinsicht geht es ihm so gut wie ich es erwartet habe. Bei einer akuten Arteriosklerose liegen andere Symptome vor: Man erkennt die eigenen Familienmitglieder nicht mehr und wird sogar bösartig. Die Langobarden haben nichts damit zu tun. Dieser Mann ist völlig gesund, sofern er nicht etwas auf der Brust hat. Manchmal bekommen sogar junge Menschen eine Lungenentzündung, die ohne Fieber verläuft und beim Abhören kaum zu bemerken ist.«

Der Großvater, der seinen Kopf noch immer voll weißer Locken hatte, sah den Arzt aufmerksam und lächelnd an. Er hatte sein Nachthemd ausgezogen, und man sah seine rundliche Brust, auf der die Haut noch frisch und straff war. Der Arzt hatte ihn abgehorcht und hatte kopfschüttelnd gesagt: »Ich finde rein gar nichts«. Er ließ den Großvater aufstehen, befühlte ihn am ganzen Körper und horchte aufs neue seinen Brustkorb ab: »Der übliche Raucherhusten, vor allem am rechten unteren Lungenflügel«. Nachdem er dem Großvater mit einer kleinen Taschenlampe in die Augen geleuchtet hatte, forderte er ihn auf, mit dem Blick seinem Finger zu folgen, den er rasch vor seinem Gesicht hin- und herbewegte. Das kleine Thermometer zeigte eine Temperatur von siebenunddreißig Grad. Dann ließ sich der Arzt erzählen, was der Großvater am Tag zuvor gegessen hatte, und nachdem er es erfahren hatte, schimpfte er ihn aus wie ein kleines Kind. »In unserem Alter verläßt man den Tisch hungrig, vor allem beim Abendessen«.

Die Großmutter hatte versucht, das Gespräch wieder auf den Geisteszustand des Großvaters zu bringen, aber der Arzt hatte erwidert: »Soll er doch im Halbschlaf von Langobarden phantasieren und ein Gedicht über Katzen aufsagen, das hat nichts zu besagen. Viele haben schlimmere Obsessionen. Mit achtzig ist unser Geist nicht mehr wie mit dreißig. Vielleicht war es eine momentane Verwirrung. Wichtig ist, daß nichts Organisches vorliegt. Und dessen bin ich mir sicher.« Schließlich hatte er uns geraten, uns nicht aufzuregen: Er würde am Nachmittag wiederkommen.

Ich hatte ihn gefragt, ob ich mit meinen Kameraden auf den Monte Luca gehen könnte, und er hatte mir lächelnd zur Antwort gegeben, daß ich nicht nur könnte, sondern sogar müßte: Bewegung sei unerläßlich für die Gesundheit des Körpers, und je mehr ich meinen Körper in der Jugend stählte, desto gesünder würde ich im Alter sein. Die Gesundheit beruhe auf zwei »B's«: Beherrschung und Bewegung. Am Abend würde ich den Großvater frisch und kräftig wie am Tag zuvor antreffen. In ein paar Stunden würde er sich erholt haben. Er verschrieb ihm Herztropfen und ein Abführmittel auf pflanzlicher Basis, und dann ging er.

Ich lief sofort zu der Stelle, wo wir uns immer für den Ausflug trafen. Fast alle meiner Kameraden waren schon da und warteten noch auf die wenigen Nachzügler. Am Anfang war ich nicht so eifrig bei der Sache und nicht so fröhlich wie die anderen Jungen, ich war zerstreut, ich fühlte eine Benommenheit wie nach einem langen Schlaf, die ich nicht abschütteln konnte, und es fiel mir schwer, mich mit den anderen zu unterhalten, mit ihnen zu singen und den Worten des Mathematiklehrers aufmerksam zuzuhören. Dann hob sich dieser Nebel und an seiner Stelle spürte ich eine quälende Sorge um den Großvater.

Inzwischen hielt auch ich seine hartnäckige Beschäftigung mit den adeligen Vorfahren und Langobardenfürsten, als auch die Abenteuer, die ich mit der Katze bestanden haben sollte, für seltsam. Und an das jähe Aufgewecktwerden, an die Worte der Großmutter, an den ruhig auf seinem Kissen lehnenden Großvater, mit dem Kranz weißer Locken um den Kopf und dem nackten, unglaublich jungen Körper dachte ich inzwischen wie an ein dramatisches Ereignis.

Ich hatte das Amt des Adjutanten des Langobardenführers abgelehnt, ich hatte mich zwar am Kampf beteiligt, doch ohne Begeisterung. Als wir uns auf den Rückweg machten, lag die Straße noch mehr im Schatten als sonst, und zwischen den Pflanzen, die noch naß waren vom Regen des letzten Tages, stieg Nebel auf. Wir begegneten einem Mädchen mit dunkler Haut und dunklen Haaren, deren Blick hart und mürrisch war und die den Esel, auf dem sie saß, heftig schlug. Bei jedem Tritt des Tieres hoben und senkten sich die Beine des Mädchens, die dem Esel dabei unregelmäßig in die Flanken traten. Sie trug ein Kleid aus rosa und hellblau gestreifter Leinwand, wie sie die alten Frauen in den Bergen an langen Wintertagen aus Leinen und Halbwolle weben. Als wir ihr begegneten, blickte sie geradeaus, ohne uns zur Kenntnis zu nehmen, und sie sang ein Lied, in dem sie ein anderes Mädchen, Carla, auf die sie eifersüchtig war, beschimpfte: Sie bezeichnete sie als Verwandte eines gelben Kürbis, die eine Haut wie eine Zitronenschale hatte und Augen, die so trüb waren wie die eines Käuzchens.

»Diese Carla möchte ich nicht sein«, hatte Lino gesagt, aber keiner lachte. Wir redeten auch nichts mehr, die einzelnen

Grüppchen schlossen sich enger zusammen, und unser Schweigen besiegelte auf qualvolle Weise das ohnehin vollständige Schweigen des Waldes. Ich betrachtete den Lehrer: die Bosheit des Mädchens hatte offenbar auch ihn betroffen gemacht. Sein Körper eines erwachsenen Mannes schien geschrumpft zu sein, und seine kleinen Augen waren wie aus Glas. Erst als wir in Sichtweite des Klosters waren, nahmen wir unsere Unterhaltung wieder auf.

Als ich zu Hause ankam, erfuhr ich, daß der Großvater tot war. Die Mutter und Großmutter erzählten mir, der Großvater habe zu Mittag plötzlich zu delirieren begonnen. Er war aufgestanden und ging, nur mit seinem Nachthemd bekleidet und seinen Stock schwingend, bis ans Ende des Gartens, wo er gegen die Hecken und Mauern schlug und dabei schrie, daß ihm die Barbaren nichts angetan hätten, daß sie ihm das Gut auf den Hügeln nicht weggenommen hätten, von dem er, wie die Großmutter sagte, nicht mehr wußte, daß er es vor einiger Zeit verkauft hatte. Die Mieter aus dem ersten Stock waren angelaufen gekommen, und mit ihrer Hilfe hatte man versucht, ihn wieder ins Bett zu bringen. Mit dem Rücken zur Mauer stehend hatte er gedroht, alle mit dem Stock zu schlagen. Mehrere Male hatte er ausgerufen: »Es ist die Zeit gekommen, zu gehen. Ich muß gehen. Ich gehe jetzt.« Dann hatte er sich beruhigt, und man hatte ihn an der Hand genommen und in sein Zimmer zurückgeführt.

Der Arzt hatte ihn ein zweites Mal untersucht, ohne etwas Besonderes festzustellen. Er war mehr als eine Stunde an seinem Bett sitzengeblieben, aber der Großvater, der sich inzwischen beruhigt hatte, antwortete auf alle seine Fragen, als ob nichts vorgefallen wäre, als würde er sich vielmehr nicht im geringsten an seine Flucht in den Garten erinnern. Der Arzt hatte empfohlen, ihm leichte und kräftige Speisen zu verabreichen, und er verschrieb ihm ein Beruhigungsmittel, damit er so lange wie möglich schlief. Außerdem hatte er empfohlen, ihn im Auge zu behalten, ihn keinen Augenblick allein zu lassen. Der Großvater wollte jedoch nur eine kräftige Brühe essen, weil er, wie er sagte, Magenschmerzen hatte. Und dann war ein eingeschlafen.

Da sein Zimmer am Ende des Korridors lag, weit weg von Küche und Wohnzimmer, baten meine Mutter und meine Großmutter eine alte Frau, die wenige Meter von uns entfernt wohnte, dem Großvater Gesellschaft zu leisten. Gegen vier Uhr nachmittags war er aufgewacht, ganz klar bei Verstand, und, überwältigt von Erinnerungen an seine Jugend und an die der Alten, die er seit seiner Kindheit kannte, hatte er begonnen, mit ihr zu scherzen und sie an verflossene Liebschaften zu erinnern, an ferne

Zeiten, als sie, die einmal sehr schön gewesen war, sich einen Spaß daraus gemacht hatte, mehrere junge Männer gleichzeitig zu betören. Man hatte ihm noch eine Tasse Brühe gegeben, die er gierig hinunterstürzte; dann drehte er sich zur Seite und schlief mit dem Gesicht zur Wand ein. Etwas später, als ich und meine Kameraden uns gerade wieder auf den Rückweg in die Stadt begaben, wollte ihn meine Mutter wecken, um ihm noch etwas zu essen zu geben, aber er reagierte nicht. Sie riefen ihn mit lauter Stimme, strichen ihm über die Stirn und rüttelten ihn schließlich am Arm. Der Großvater war im Schlaf gestorben, ruhig, ohne einen Wunsch zu äußern, und ohne ein Wort zurückzulassen, weder für mich, noch für die anderen.

Als ich am Haustor läutete, war der Großvater gerade gestorben. Meine Mutter kniete weinend am Bettende; die Großmutter stand gebeugt neben dem Nachtkästchen und betrachtete verstört das friedliche Gesicht des Großvaters. Ich lief zu meiner Mutter, um sie zu umarmen, und weinte vor Schmerz, aber nicht so sehr, wie ich geweint hätte, wenn ich bei seinem Tod dabeigewesen wäre. Ich war mir sicher, daß dieser Tod im Schlaf, ohne zu leiden, ohne aufzufallen und vielleicht sogar, ohne es selbst zu bemerken, seiner würdig war. Ich erinnerte mich an die langen Phasen, in denen dieser massive und schwere Körper von Trägheit übermannt worden war; auch damals hätte er von einem Tag zum anderen aus dem Leben scheiden können.

Im übrigen hatte ich mir im Beisein des Großvaters zum ersten Mal Gedanken über den Tod gemacht, ich hatte begonnen, über das Geheimnis des Todes nachzudenken, und in welchen Gestalten er uns entgegentrat. Vor nicht allzu langer Zeit hatte ich den Großvater begleitet, als er einen Freund, den Direktor eines reichen Museums in einer unserer Nachbarstädte, besuchte: Die beiden waren als Kinder gemeinsam in einem Heim gewesen und hatten danach dieselbe Volksschule besucht, und Jahre später, als der Großvater bereits sein eigenes Hotel besaß, hatte der Freund bei ihm gewohnt, als er in einem Dorf in unserer Provinz eine Reihe von Ausgrabungen durchführte.

Als wir im Museum ankamen, war der Direktor nicht in seinem Arbeitszimmer; der Wächter sagte uns, daß er die Ausgrabungen in einem kleinen römischen Amphitheater leitete, das vor zwei Wochen zufällig entdeckt worden war, und das sich vor den Stadtmauern, kaum einen Kilometer vom Museum entfernt, befand. Wir gingen sofort hin. Aus einer riesigen, kreisförmigen Grube, die man in der Erde gegraben hatte, ragten Kapitelle, ziemlich niedrige Säulen, und ein paar Statuen. Neben der Grube stand der Direktor: mit dem Rücken zum Land und direkt am Rand des steilen Abhangs, der sich auf der einen Seite des

Hügels befand, auf dem die Stadt lag, und der in ein enges Tal mündete, in dem tonhaltige Erde rötliche Flecken bildete. Er war ein großer, schlanker, gut gekleideter Mann, eine stattliche Erscheinung, der eine schwere Goldkette auf der Weste trug. Hin und wieder nahm er die Hand aus der Tasche und gab den vier Arbeitern, die mit Spaten und Hacken gruben, ein Zeichen, damit ihre Schläge nicht allzu heftig ausfielen.

Der Großvater und der Direktor umarmten und küßten sich. Es war ein Herbstnachmittag, und aufgrund des leichten, aber beständigen Windes und der Höhenlage der Stadt war die Luft so kalt, als wäre es bereits Anfang Winter. Nach der Begrüßung betrachtete der Direktor die Arbeit der Männer aufmerksamer als zuerst. Der Wind wurde immer heftiger und unregelmäßiger, böenartig, und peitschte uns, die Erde, die Ruinen und die Mauern, die aus mächtigen Steinblöcken bestanden und direkt vor uns in die Höhe ragten. Der Direktor kletterte wieder in seine Grube, kniete sich auf einen Erdhaufen und begann zu wühlen, und indem er die Arbeiter dazu anhielt, langsam und vorsichtig zu graben, gelang es ihm, die Statue eines Athleten zutage zu fördern, der einen Arm über den Kopf erhoben hielt. Dann kehrte er zu uns zurück und sagte: »Ein Hieb mit dem Spaten oder der Schaufel hätte genügt, um ihm den Kopf oder die Schulter abzuhauen.«

Trotz der Kälte blieben ich und der Großvater zwei Stunden und sahen bei den Ausgrabungen zu, bis der Arbeitstag zu Ende ging. Ein paar Minuten bevor wir gingen, stieß ein Arbeiter mit der Hacke auf ein Hindernis. Wir hörten einen trockenen Schlag, als ob zwei Eisenteile aufeinandergeprallt wären. Der Freund des Großvaters stürzte sich aufs neue in die Grube, und mit Hilfe seiner Hände als auch einer Maurerkelle gelang es ihm, einen Marmorkopf aus der Erde zu ziehen, dem man gerade mit einem Schaufelschlag die Nase abgehauen hatte. Der Kopf stellte einen Jüngling mit einer Haarlocke in der Stirn dar, dessen Blick traurig und verzweifelt war: Das ganze Gesicht war von ergreifender Zartheit. Der Direktor sah den Kopf lange an und dann sagte er: »Es muß eine Darstellung des jungen Augustus sein. Ungefähr mit achtzehn litt er lange an einer Krankheit. Seht euch diesen verwunderten, betäubten, leidenden Blick an. Er offenbart einen jungen Mann, den etwas bedrückt.« Er beauftragte einen Arbeiter, ihn ins Museum zu bringen, später würde er ihn reinigen und in einem Saal ausstellen. »Ich werde ihn auch ein paar Experten römischer Kunst zeigen, aber ich bin mir sicher, daß ich mich nicht irre. Das ist ein wichtiger Fund«, sagte er. Und nach einer Weile fügte er hinzu: »Noch ein paar Minuten, und dann gehen wir.« Die Kälte schien ihm nichts auszumachen.

In diesem Augenblick verabschiedeten sich drei der Arbeiter von uns, stiegen aufs Fahrrad und fuhren langsam durch ein offenes Tor in der nahen Mauer davon. Der vierte Arbeiter blieb und grub weiter unter der Statue des Athleten, der rücklings auf dem Boden lag. Plötzlich zog er unter dem Rücken der Statue eine kleine Lederbörse hervor, die mit einem Lederband zugeschnürt war und ungefähr so aussah wie jene, in der der Großvater seinen Tabak aufbewahrte. Aufgeregt kam der Arbeiter auf uns zugelaufen und überreichte die Börse mit ausgestrecktem Arm dem Direktor, dem ein Ausruf der Freude und der Verwunderung entfuhr. Nachdem er das Band gelockert hatte, entnahm er der Börse einige römische Münzen. Er sagte, irgendjemand, vielleicht ein Jüngling, müsse sie im Amphitheater verloren haben, und es sei seltsam, daß sie niemand aufgehoben hatte, wer weiß, warum sie hier Jahrhunderte lang liegengeblieben war, als ob das Theater plötzlich über den Menschen zusammengestürzt wäre, während sie sich bei einem Schauspiel, vielleicht einem Gladiatorenkampf, vergnügten. Aus der Geschichte wußte man jedoch nichts von einer Naturkatastrophe, die die Stadt zerstörte hätte, wie es etwa in Pompeji oder Herkulaneum der Fall gewesen war, wo derartige Funde alltäglich waren.

Der Direktor und der Großvater begannen sich über die Invasionen der Barbaren und über die Langobarden zu unterhalten, aber seinem Freund gegenüber erwähnte der Großvater nicht seine Vermutung, daß er möglicherweise von diesem Volk abstammte. Vielleicht war das Theater wirklich in jener Zeit zerstört worden, als die Barbaren in Italien einfielen. Wir betrachteten lange die Börse, einer nach dem anderen nahm sie in die Hand, wir befühlten die Münzen, die beinahe wie neu aussahen, obwohl sie ein wenig nachgedunkelt waren. »Es sind Münzen aus der Spätzeit des Reichs«, sagte der Direktor. »Später werde ich sie mir in Ruhe ansehen.«

Der Großvater sagte, es wäre Zeit zurückzukehren, und in Begleitung seines Freundes gingen wir zu dem Platz, wo der Postautobus wartete. Als sich der Direktor von uns verabschiedete, sagte er: »Heute, meine lieben Freunde, haben wir den Tod gesehen, unser Leben ist vergänglich, und wer weiß, wie vielen von uns es gelingt, bei ihrer Reise auf dieser Erde zumindest eine Börse mit ein paar Münzen zurückzulassen. Wer weiß, wie viele Generationen seit damals aufeinandergefolgt sind. Jedes Jahr zu Silvester habe ich den Eindruck, daß sich die Welt mit ihren Jahreszeiten auf eine Reise begibt, und ein Schwindel ergreift mich, weil ich denke, gerade in diesem Jahre könnte ich den Zug verlassen und mich in einem unbekannten Bahnhof wiederfinden, von dem es keine Weiterreise mehr gibt.«

Zu mir gewandt sagte er: »Im Gegensatz zu dem, was die meisten denken, ist es das Wissen von der Vergänglichkeit, das unserem Leben Wert verleiht. In einem großen Amphitheater Süditaliens habe ich einmal gesehen, wie Freunde wie betäubt vor einem unversehrten Ziegel standen, auf dem sich noch das Zeichen dessen befand, der ihn hergestellt hatte, wie sie blaß wurden beim Anblick eines Raumes, in dem die Gladiatoren warten mußten, bevor sie sich in die Arena stürzten. Die Wände waren voller Inschriften in thrakischen und anderen unbekannten Sprachen. Meine Freunde behaupteten, es sei sinnlos zu leben, wo doch andere vor ihnen schon alles gemacht und erlebt hatten. Das stimmt jedoch nicht: Einer nach dem anderen, einem großartigen Ereignis entgegen. Eine Generation baut die Straßen, über die die kommenden Generationen gehen werden, wie es in einem chinesischen Sprichwort heißt.«

Jetzt, wo ich vor dem Leichnam des Großvaters stand, der so unversehrt und heiter war, zweifelte ich nicht daran, daß er viel mehr zurückgelassen hatte als eine römische Börse mit ein paar antiken Münzen darin. Zwischen uns wuchs ein tiefes Vertrauen und eine neue grenzenlose Liebe, die von keiner Traurigkeit getrübt wurde.

Aufgrund der Erfahrung, die mein Vater in seinem Beruf gesammelt hatte, bot sich ihm plötzlich die Gelegenheit, zu uns zurückzukehren. Der Besitzer einer Papierfabrik war gestorben und die Witwe und seine jungen Söhne liebten zwar die väterliche Arbeit und waren mit den Abläufen im Unternehmen ziemlich vertraut, trauten sich jedoch nicht zu, es mit Komplikationen und unvorhergesehen Ereignissen aufzunehmen, die sich von einem Tag zum anderen als wahre Tücken des Geschäftslebens ergeben konnten. Die Frau, die meinen Vater kannte und seine Arbeit schätzte, forderte ihn auf, die Firma zu leiten. Er sollte innerhalb einiger Monate zurückkehren. Genau in diesen Tagen, in denen sich bei uns zu Hause ein erster Hoffnungsschimmer zeigte, machte meine Großmutter eine kleine Erbschaft, was neben der bevorstehenden Rückkehr des Vaters ein weiteres gutes Zeichen war. Das Erbe stammte von einem ihrer Verwandten, der allein gelebt hatte und den wir nur selten zu Gesicht bekommen hatten.

Eines Tages erschien bei uns zu Haus Pietro, ein Neffe des Großvaters, der Junggeselle war und in der Stadt hohes Ansehen genoß, weil er einmal ein heikles öffentliches Amt bekleidet hatte, ohne Anlaß zu Klagen und Klatsch gegeben zu haben. Gemeinsam mit seinem Bruder, Antonio, der ebenfalls Junggeselle war, leitete er eine kleine Fabrik, die einige wenige Stoffarten aus schwerer, weicher Wolle produzierte, die alle für den Winter gedacht waren und nach denen auch in den umliegenden Städten große Nachfrage bestand, weil sie vor der Feuchtigkeit schützten, von der das breite und lange Tal, in dem unsere Stadt die bedeutendste war, monatelang heimgesucht wurde. In dieser Firma gab es nicht mehr als ein Dutzend Arbeiter. Nach außen hin warf die Fabrik gute Gewinne ab, so daß die beiden Besitzer in Wohlstand leben konnten, zwei Putzfrauen beschäftigten, und sich, wie viele in der Stadt behaupteten, hemmungslosen Tafelfreuden hingaben. Pietro erledigte die Einkäufe, und die Einwohner der Stadt konnten sich seiner Verschwendungssucht vergewissern.

Nie wurde jedoch schlecht über ihr Privatleben gesprochen, dem stets die Aufmerksamkeit der Leute gegolten hatte. An diesem Tag erzählte Pietro jedoch der Großmutter, Antonio hätte eine Geliebte, die ihn viel Geld kostete, und ihm und seinem Bruder stünde der Konkurs bevor. Außerdem wütete in unserem Tal eine Milzbrand-Epidemie, an der fast alle Schafe gestorben waren: Und da unser Tal von den reicheren Regionen weit entfernt war, steuerten wir, nicht zuletzt aufgrund der überhöhten Transportkosten, auf eine fürchterliche Krise zu; am stärksten betroffen waren davon die kleinen Betriebe, da die Gewinnspanne von Jahr zu Jahr geringer wurde und inzwischen jeder Meter Stoff, der die Fabrik verließ, mehr kostete, als er einbrachte. Pietro war sich jedoch sicher, daß er mit ein wenig Startkapital, das ihm die Banken nicht geben wollten, weil sie als einzige in der Stadt wußten, wie es um seine und um Antonios Geschäfte bestellt war, die Fabrik wieder flottmachen könnte; er würde die eine oder andere Abteilung modernisieren und sich auf preiswertere Stoffarten spezialisieren. Weinend bat er die Großmutter, ihm das Geld zu borgen, das sie geerbt hatte. Wenn er dazu noch einen bescheidenen Kredit aufnähme, besäße er das Notwendige, um seinen Geschäften wieder auf die Sprünge zu helfen: Und während die Bank drei Prozent Zinsen gab, würde er der Großmutter bis zu zehn Prozent zahlen, außerdem würde er binnen kurzem die ganze Summe zurückbezahlt haben, die ja gewiß nicht sehr hoch sei. Er bat sie, meinem Vater nichts davon zu sagen.

Meine Mutter und meine Großmutter, die ihn als Ehrenmann kannten und bei dem Anblick des großen, schüchternen und frühzeitig gealterten Jungen Mitleid empfanden, gingen sofort zur Bank, hoben das Geld ab und gaben es Pietro. »Es war ohnehin ein unerwartetes Geschenk, mit dem ich nie gerechnet hätte«, sagte die Großmutter. »Auch der Vater wird nichts dagegen haben, sofern er es überhaupt erfährt.« Von nun an kam Pietro oft zu uns nach Hause, er brachte der Großmutter Blumen, war ruhig, manchmal fröhlich, und ließ sich oft dazu hinreißen, Details aus dem gemeinsamen Leben mit seinem Bruder zu erzählen, er sprach von Frauen, und seine Reden schienen mir seltsam und nicht gerade erbaulich, und er schwor, daß es mit seinen Geschäften bergauf ging. Eines Tages starb Pietro jedoch plötzlich an einem Infarkt, als er sich gerade in einer öffentlichen Bedürfnisanstalt befand. Ein Gutsverwalter, der zur Messe in die Stadt gekommen war, fand ihn. Antonio erklärte den Konkurs: Zuerst gab er jedoch der Großmutter einen Teil des Geldes zurück, das sie ihm geborgt hatte.

Inzwischen verbreiteten sich in der Stadt allerlei Gerüchte über die beiden Brüder, über ihre Lebensweise, ihre Besonderheiten, ihre Ticks und über ihre Art und Weise, die Fabrik zu verwalten. Es waren teils banale, teils böswillige Gerüchte. Ein Rechtsanwalt sagte zu meiner Großmutter, sofern sie kostbare Sachen und teure Möbel besaß, solle sie diese verstecken, denn als Teilhaberin könne sie in den Konkurs mit hineingezogen werden, und womöglich wurde ihr ihr gesamter Besitz und sogar das Haus weggenommen. Die Großmutter und vor allem die Mutter stürzten in Verzweiflung, denn unter anderem kursierte auch das Gerücht, meine Mutter sei die Geliebte Pietros gewesen. Wenn ich mit ihr ausging, drehten sich die Leute an den Türen der Läden um, um ihr einen raschen Blick zuzuwerfen oder sie lange und grinsend anzusehen. Manche blieben auch stehen und grüßten sie mit betonter Freundlichkeit, um sie zu trösten; aber ob sie sie nun rechtfertigten oder ermutigten, mußten sie dennoch gewisse häßliche Worte in den Mund nehmen. Ich war bei allen Gesprächen zwischen Pietro, der Großmutter und meiner Mutter dabeigewesen, und ich hätte vor allen schwören können, daß meine Mutter an den schlüpfrigen Geschichten keinen Gefallen gefunden hatte, und daß sie die schüchternste und zurückhaltendste von allen gewesen war. Ich war so erstaunt und betroffen, daß ich nicht einmal auf die Idee kam, mich zu wehren, mich auf eine der Personen zu stürzen, die an den Ladentüren standen und grinsten. Vor allem fürchtete ich die Reaktion meines Vaters, der bald zurückkehren sollte.

Der Schmerz und die Wut, die ich verspürt hatte, als der Großvater das Gut verkaufte und die Dürre das ganze Land vernichtete, die Verzweiflung, die ich bei den Bauern gesehen hatte, die Entbehrungen der Armut, die uns belauerte wie eine furchterregende Schlange, die erdrückende Tyrannei der Witwe: Das alles lag inzwischen so weit zurück, daß ich mich nicht einmal mehr an winzige Details erinnern konnte. Meine Gefühle waren wie Schlamm, in dem ich langsam versank. Die Vorstellung, daß meine Mitmenschen, meine Mitbürger, mit denen ich so oft Solidarität empfunden hatte, sich den Anschein von Freundlichkeit gaben und darunter derart viel Neid und Groll verbargen, hatte mich vollkommen zerstört. Ich fühlte mich unsicher und erschöpft.

Bei meinen Spaziergängen gelang es mir nicht, die Stadt zu verlassen, ich trieb mich auf den Straßen umher, dem Marktplatz und den Gassen, aber alles, Häuser, Denkmäler, Gärten, war flach und leer, alles war farblos geworden. In der Stadt gefiel mir, einmal abgesehen von meinem Haus, die Via dei Tre Mori am besten. Es war eine lange Straße, die auf dem Land begann und die immer kompakter und vielfältiger wurde, mit massiven Häusern, die fast alle aus dem vorigen Jahrhundert stammten, und durch deren große, jedoch niemals ländliche Tore man parkähnliche Anlagen mit beeindruckenden, blattreichen Pflanzen sehen konnte oder kleine, gepflegte Gärten. Hin und wieder wuchs auf einer der Mauern ein dunkelgrüner Mispelstrauch. Auf der Vorderseite fast aller Häuser befand sich eine Leiste aus hellem Stein oder Travertin, die ihnen ein anmutiges Aussehen verlieh. In einiger Entfernung mündete die Straße auf einen großen Platz, von dem nur grüne Farbspritzer über den Dächern zu sehen waren: die höchsten Zweige hundertjähriger Bäume.

Immer wenn ich aus dem Haustor trat, verlieh mir die Via dei Tre Mori den richtigen Schwung. Die Fassaden, die dicht nebeneinander standen, und die entweder grau, grün, rosa oder ockerfarben waren, verursachten in mir eine friedliche und leichte Heiterkeit und Euphorie, die von dem Grün, das ich in der Ferne in den Himmel ragen sah, noch zusätzlich verstärkt wurde. Langsam spazierte ich zwischen den Mauern, die mir Sicherheit gaben: Am Anfang überlegte ich mir, wer in den nahen und fernen Häusern, an denen ich der Reihe nach vorbeiging, wohl lebte, ich stellte mir die friedlichen und arbeitsamen Familien vor, und ich fragte mich, wo in diesem Augenblick wohl die Freunde waren, die an dieser Straße wohnten. Auch wenn ich melancholisch oder traurig war, tröstete mich die Straße durch den Anblick eines Sonnenstrahls, der auf eine rosa Fassade fiel, einer Mispel oder eines blumengeschmückten Fensters, und ich war wieder glücklich. Aber inzwischen fürchtete ich mich fast davor auszugehen. Mir schien, als wären die Tore der anderen Häuser geschlossen, um die Passanten auszusperren, und die Straße war dunkel, als wolle sie ein warnendes Zeichen setzen, so wie sich damals auch die Dürre angekündigt hatte, was jedoch niemand hatte wahrhaben wollen. Es gelang mir aber nicht, mir ein klares Urteil zu bilden.

Da beschloß ich, alle meine Zweifel, meine Sorgen und meine Angst vor der Rückkehr des Vaters, die in nunmehr wenigen Tagen bevorstand, Marco anzuvertrauen, meinem liebsten Freund und Klassenkameraden, der religiös und mit unserem Pfarrer sehr befreundet war, bei dem er Latein studierte; er war aber auch sehr lebhaft und stark und tat sich bei den Ausflügen auf den Monte Luca und bei den Schlachten rund um das Kloster immer in besonderer Weise hervor, so daß ihm oft die wichtigsten militärischen Ämter anvertraut wurden. Marco riet mir, eine Pilgerfahrt zu einem berühmten, ungefähr zwanzig Kilometer entfernten Kloster zu unternehmen, das in entgegengesetzter Richtung zum Kloster am Fuße des Monte Luca lag, wo unsere Schlachten stattfanden. Wie die Überreste der Gebäude und die Geschichte bezeugten, war es früher einmal ein imposanter Komplex gewesen, zu dem dichte Wälder, Felder und Sümpfe gehört hatten, bis zum Meer hin. Von den Gebäuden waren jedoch nur riesige architektonische Skelette übergeblieben, die der Sonne und den Stürmen ausgesetzt waren: Einzig ein Seitenflügel neben dem Haupteingang war unversehrt geblieben und noch immer bewohnbar. Er war ein Teil des alten Refektoriums, dessen Wände großartige Maler mit Fresken geschmückt hatten, und in dem nunmehr ein paar holländische Nonnen lebten, die der Zauber der Landschaft angezogen hatte. Die Mauerreste, die auf einem Hügel lagen und um die herum ein paar Baumgruppen standen, ließen den Blick frei auf Wiesen und Ländereien: Auf den Wiesen in der Nähe standen Ruinen dicht nebeneinander, und die weiter weg waren von einem grünen Grasteppich bedeckt oder mit Weizen und Mais bepflanzt. Zur Linken führte eine Straße, die parallel zur nicht weit entfernten Landstraße verlief, zu einem Kuppelbau empor: er stand immer offen, und darin befand sich der Beweis eines Wunders, das sich im Mittelalter ereignet hatte:

Eines Nachts ritt ein junger, liederlicher Mensch auf seinem Pferd nach Hause. Der Schlaf übermannte ihn, und das Pferd trug ihn ohne sein Wissen an diesen, ihm unbekannten Ort in der Nähe des Klosters. Eine Stimme sagte zu ihm: »Gib dieses Lasterleben auf. Bleib hier und lebe als Eremit.« Um sich zu vergewissern, daß es die Stimme Gottes war, antwortete der Jüngling: »Wenn mein Schwert den Stein durchbohrt, dann werde ich gehorchen.« Das Schwert, das bis zum Griff im Stein steckte, war noch immer hier, gut sichtbar für alle Besucher.

Marco hatte mich in dieses Kloster geführt, um genau hier, vor diesem Stein zu beten. Vielleicht würde meine Familie Frieden finden. In der Nähe des Refektoriums blieben wir stehen. Bevor wir mit den Ausflügen auf den Monte Luca begonnen hatten, waren meine Kameraden und ich in der Umgebung der Stadt umhergestreift, um die geeignetsten Straßen und Wiesen zu finden. Das Kloster hatte uns gefallen, sowohl aufgrund dessen, was uns der Mathematiklehrer über seine ferne Vergangenheit erzählt hatte, als auch aufgrund seines nunmehrigen Aussehens. Früher einmal war ein Fluß zwischen den weiter unten gelegenen

Gebäuden geflossen und hatte eine große Mühle betrieben, von der noch einige Reste zu sehen waren und die mehrere Stoffabriken mit Energie versorgt hatte, er floß an Papierwerkstätten und Lagern aller Art vorbei. Das Kloster eignete sich jedoch nicht sehr für Ausflüge, Schlachten und Hinterhalte, weil zu viele nackte, hohe Säulen herumstanden. Wir verzichteten nur widerwillig darauf: Hier konnte man lange sitzen und die Landschaft betrachten, so wie es Marco und ich an jenem Nachmittag taten.

Genau in diesen Tagen kehrte mein Vater nach Hause zurück. Er machte der Großmutter Vorwürfe, weil sie Pietro Geld geborgt hatte, aber er versicherte ihr, daß sie nichts zu befürchten hatte, auch nicht wegen des Geldes, das sie von Antonio zurückbekommen hatte, denn es gab keine Schuldscheine oder sonstigen Papiere, und die Gerüchte zählten wenig. Auch die Arbeiter von Pietro und Antonio, von denen sich die Fabrikbesitzer Geld geborgt hatten und die nun arbeitslos waren, kamen ratsuchend zu meinem Vater: Da sie aber von der Aufrichtigkeit ihrer Chefs überzeugt waren, hörten sie auf ihn und beschlossen, den Verkauf der Konkursmasse abzuwarten. Tatsächlich kam alles ins Lot: Die Gläubiger, die von Pietros Tod erschüttert waren, für den sie seine ständigen Sorgen verantwortlich machten, begnügten sich damit, den Ertrag aus dem Verkauf der Fabrik und der Stoffe, die sie in den Lagern vorgefunden hatten, unter sich aufzuteilen.

Meine Mutter beschloß in ihrer Verzweiflung, dem Vater lieber gleich alles zu erzählen, was in der Stadt über sie geklatscht wurde; und sie rief auch mich hinzu, damit ich ihre Unschuld bezeugte. Mir schien, als wüßte der Vater bereits alles: Ein mitleidiges Lächeln huschte über sein Gesicht. Je mehr meine Mutter sich verteidigte, als ob alle ihre Verleumder einzeln vor ihr stünden, desto mehr versuchte der Vater, sie zu trösten, indem er auf ein Ereignis anspielte, das seine Haltung bald verständlicher machen würde. Tatsächlich gab es in der Stadt bald andere Vorfälle, die Stoff für Klatschgeschichten abgaben. Ein wirklicher, außerordentlicher Skandal setzte alle in Erstaunen und sorgte lange für Gelächter und Empörung, und meine Mutter, bestürzter und überraschter als zuvor, bekam eine Revanche, die sie weder gewollt noch angestrebt hatte.

Eine Lehrerin aus meiner Schule, die in der Nähe unseres Hauses wohnte und der Pietros Kommen und Gehen aufgefallen war, hatte das Gerücht in Umlauf gesetzt, meine Mutter sei Pietros Geliebte (ich erfuhr jedoch nie, warum mein Vater von Anfang an davon wußte, noch bevor er zu uns zurückkehrte). Die Frau war mit einem Arzt verheiratet, dem Primar des städtischen Krankenhauses. Eines Tages hatte der Arzt einer jungen und schönen Frau, die von ihrem Mann getrennt lebte und ebenfalls am Gymnasium Latein unterrichtete, einen Hausbesuch abgestattet. Er vernarrte sich in sie und machte ihr während des Hausbesuches plumpe Liebeserklärungen. Die Lehrerin hatte ihn entschieden und mit Abscheu zurückgewiesen, da sie ihn für einen Heuchler hielt: Überall sonst stellte er religiöse und moralische Gefühle zur Schau.

Nun begann der Arzt, ihr anonym leidenschaftliche Briefe zu schreiben, in denen er jedoch dieselben Worte benutzte wie bei seinen Hausbesuchen. Verärgert übergab die Frau schließlich die Briefe dem Direktor ihrer Schule und dem Krankenhausdirektor, damit sie den Arzt verurteilten und ihn daran hinderten, sie weiter zu belästigen. Abschriften der Briefe hatte sie auch an die Frau des verliebten Arztes geschickt. Die Affäre sorgte lange für Gesprächsstoff in den Wohnungen, den Cafés, den Zirkeln und Theatern. Manche schwörten und manche wetteten, noch nie auf der Welt seien solche anonymen Liebesbriefe geschrieben worden. Der Ruf, sich blamiert zu haben, eilte dem Arzt und seiner Frau überall voraus, und binnen weniger Tage erinnerte sich niemand mehr an den Klatsch über das Verhältnis zwischen Pietro und meiner Mutter.

In den ersten drei Monaten, in denen mein Vater wieder in der Via dei Tre Mori wohnte, arbeitete er unermüdlich, um seine neue Arbeit in den Griff zu bekommen, und er versuchte, die spärlichen Besitztümer der Familie zu retten. Es gelang ihm, die kleine Hypothek zu tilgen, die auf unserem Haus lastete, und schließlich kündigte er sogar den Mietern aus dem ersten Stock, die wir früher hatten ertragen müssen und die uns den Garten weggenommen hatten. Im Frühling arbeitete er mit einigen Bauern ein paar Tage im Garten, legte neue Wege an, streute Samen in die Beete, fällte ein paar Bäume, die alt und unfruchtbar geworden waren, und pflanzte neue. Vom ersten bis zum letzten Augenblick sah ich den flinken, fachkundigen Männern bei ihren Verrichtungen zu, die eher den Eindruck erweckten, ein Unrecht wiedergutzumachen, das man der Erde angetan hatte, eine unsinnige und grausame Verwüstung rückgängig zu machen, als eine vertraute und gut vorbereitete Arbeit durchzuführen. Mit schien, als würden sich die Männer wie zufällig bewegen, stattdessen mußte ich feststellen, daß sich hinter ihren flinken Bewegungen eine Ordnung verbarg, eine geheime Geometrie. Mit ihrer Tüchtigkeit und Leidenschaft übertrafen sie sogar den Großvater, damals, als er das Gut auf den Hügeln gekauft und so verwandelt hatte, daß alle darüber staunten, und mir am Abend nach der Rückkehr vom Land der Kopf dröhnte vor Farben, über die sich zeitweise das Hämmern unerträglicher Rhythmen legte.

Zum Zeitpunkt, als der Garten neu angelegt war – und trotz der wenigen Pflanzen war er üppiger als früher und moderner, mit vielen Pflanzen, die großartige Blüten und Früchte versprachen – arbeitete die Großmutter nicht mehr im Laden der Witwe. Der Vater hatte ihr geraten, diese Beschäftigung langsam aufzugeben, als handelte es sich nicht um eine Pflicht, die sie übernommen hatte, sondern um einen Gefallen, den sie einer Freundin tat, wozu sie jedoch jetzt aufgrund anderer Pflichten nicht mehr in der Lage wäre. Als der Vater zurückgekommen war und mit den Arbeiten im Garten begonnen hatte, waren die Witwe und ihre Tochter anfangs oft zu uns nach Hause gekommen, manchmal sogar zweimal am Tag: Sie trugen ärmellose, eng anliegende Kleider, und die Witwe wich meinem Vater und auch den Bauern nicht von der Seite und sprach laut lachend über alles, über die Arbeit und meine zukünftige Heirat mit ihrer Tochter. Meine Mutter schien nicht darunter zu leiden, daß die Witwe meinen Vater so hartnäckig belagerte, als habe sie etwas beim Vater gutzumachen; sie behandelte die Witwe jedoch mit Zurückhaltung, ohne je unfreundlich zu werden. Mein Vater schien sie kaum zur Kenntnis zu nehmen.

Eines Tages erklärte die Witwe plötzlich, sie würde wieder heiraten, ihr Geschäft verkaufen und in eine andere Stadt ziehen. Ich bemerkte, daß sich meine Mutter über diese Entscheidung freute, und daß sie darüber glücklich war; ich wartete jedoch darauf, daß sie ihre Gefühle, wenn auch nur zaghaft, zum Ausdruck brachte: Eine friedliche Unterhaltung zwischen ihr und der Großmutter am Abend nach dem Essen, in der es vor allem um die Zukunft der Witwe ging, trug jedoch noch mehr zu jener seltsamen Atmosphäre der Gleichgültigkeit bei, die sich bei uns zu Hause nach dem Weggehen unserer Mieter und der Wiederherstellung des Gartens ausgebreitet hatte. Auch mich konnten diese plötzlichen Initiativen inzwischen kaum noch überraschen, denn zu lange hatte ich sie herbeigesehnt. Der Großvater, die Dürreperiode, die Witwe, Pietro und Antonio waren in weite Ferne gerückt, als hätte es sie nie gegeben. Mein Vater zog sich fast jeden Abend in das Arbeitszimmer zurück, das früher einmal dem Großvater gehört hatte, und wo kein Laut seine Anwesenheit verriet, oder er ging in die Fabrik zurück oder begleitete einen seiner Freunde ins Café.

Aufs neue spürte ich vage Anzeichen von Unbehagen. Aber als ich eines Tages das Haus verließ, lag die Via dei Tre Mori hell erleuchtet und fröhlich vor mir. Ich war gerade auf dem Weg zu Marco, ich wollte ihn um Rat bitten und ihm vorschlagen, noch einmal mit mir in das Kloster zu gehen, wo sich der vom Schwert des Heiligen durchbohrte Stein befand. Aber ich machte plötzlich kehrt, ging zu meiner Mutter und zur Großmutter und bat sie um Erlaubnis, meine Schulfreunde, auch jene, die damals an der Schulaufführung beteiligt gewesen waren, einladen zu dürfen, damit sie sähen, wie schön und einladend unser Haus wieder geworden war, wie weitläufig und ordentlich der Garten. Als hätten sie nichts anderes erwartet, stimmten meine Mutter und meine Großmutter dem Vorschlag begeistert zu, und als ich sie bat, auch den Vater um Erlaubnis zu fragen, antworteten sie mir, das sei nicht notwendig, denn der Vater sei ohnehin nie zu Hause, und außerdem würden sie beide sich um alles Notwendige kümmern. Sie versprachen mir, Süßigkeiten und Getränke bereitzustellen.

Meine Freunde und meine Schulgefährten nahmen die Einladung freudig an, und fast alle von ihnen kamen, so als würden wir einander wie früher jeden Tag besuchen. Unerwarteterweise kam der Vater zurück, er war jedoch sehr freundlich, erkundigte sich nach ihren Familien, nach der Arbeit und den Geschäften ihrer Väter. Drei Tage später, am Sonntag, ließ mich der Vater zeitig aufstehen und ging mit mir aufs Land, und wir kamen bis zu den Hügeln, wo der Großvater das Gut besessen hatte. Der Vater ließ sich von mir die Grenzen des Gutes zeigen. Hier lebte noch immer derselbe Bauer wie früher, und bei der Landarbeit half ihm sein Sohn, der vor dem Verkauf des Gutes kaum größer gewesen war als ich; inzwischen war er jedoch zu einem großen und kräftigen Jüngling herangewachsen. Der Bauer erkannte mich, machte jedoch keine Anspielung auf den Großvater und die Dürre, sondern forderte mich auf, ein paar reife Früchte zu pflükken. Ich erkannte einige Bäume wieder, alles stand am selben Platz wie früher, nichts hatte sich bei den Pflanzen wirklich verändert.

Es folgte ein schreckliches Jahr, ein plötzlicher, kurzer Herbst, ein eiskalter Winter und ein Frühling, in dem die Blumen entweder nicht aufblühten oder sofort verwelkten. Die endlos langen Tage, die ich aufgrund des schlechten Wetters zu Hause verbrachte, ließen mich rasch die nähere als auch die fernere Vergangenheit vergessen: Den Kampf des Großvaters gegen die Dürre, die unabwendbare Katastrophe der Armut, die uns alle betroffen hatte, den tragischen Konkurs von Pietro und Antonio – die Erinnerung an all das war mit einem Schlag verschwunden, und stattdessen tauchten wieder die Gesichter der Menschen auf: das Gesicht des Großvaters, der Großmutter und der Mutter, die Gesichter Pietros und Antonios, ernsthafte, fleischige und schwere Masken. Als mein Vater zurückkam und mit mir den Ausflug aufs Land unternahm, war mir, als hätte ich alle schmerzhaften Prüfungen bestanden, die das Leben für mich bereithielt. Stattdessen beschlich mich plötzlich, wenn mir die Phantasie das Bild der Menschen vorgaukelte, die mit meinem Leben untrennbar verbunden waren, ein feines Gefühl der Kälte: Manchmal fühlte ich mich sogar befangen, wenn ich an meine Schulfreunde dachte, an die Jungen, die ich jeden Tag traf. Ich fürchtete mich vor jeder winzigen Veränderung, die die uns lieb gewordenen Gewohnheiten hätte vereiteln können. Der Mathematiklehrer wurde in eine ferne Stadt, außerhalb unseres Tales versetzt, und die Ausflüge auf den Monte Luca, die Schlachten rund um das Kloster nahmen ein Ende. Auch unsere Gewohnheiten änderten sich, als ob dieser gütige und gebildete Mann unsere Vorlieben und Interessen bestimmt hätte. Einige von uns begannen sich zurückzuziehen, suchten sich andere Freunde, andere Vergnügungen. Ich spürte stundenlang nichts anderes als dieses Gefühl der Kälte, ohne daß ich in mir die Kraft zur Verteidigung oder zum Angriff gefunden hätte, um mich von den anderen zu lösen und mich den Unabhängigsten und Kühnsten unter ihnen anzuschließen. Schließlich tat ich mich mit einem kleinen Grüppchen zusammen, wir spielten Fußball, und gegen sechs Uhr abends trafen wir uns bei mir zu Hause, um gemeinsam zu lernen: Wir waren drei Burschen, ich, Marco und Lino, und drei Mädchen, Rosa, Giovanna und Susa. Ich war fleißig und tüchtig und half den anderen, aber meine Gedanken und meine Taten trieben stets auf der Oberfläche einer Art Magma dahin, das sich nicht verfestigt hatte und sich jeden Augenblick in Bewegung setzen konnte, ohne daß ich gewußt hätte, in welche Richtung.

Als ich eines Tages unter einem tiefhängenden, zartblauen Himmel das Spielfeld betrat und mehr auf den Flug eines Falken achtete, der einen Vogel jagte, als auf die Bewegungen meiner Kameraden, verlor ich einen Umschlag mit ausländischen Briefmarken, die ich am Abend in mein Album hätte einordnen wollen. Es gab viele Jungen in meiner Schule, die Briefmarken sammelten, vor allem deshalb, weil darauf Bilder von exotischen, geheimnisvollen Ländern zu sehen waren, von denen wir nie angenommen hätten, daß sie ein Postsystem besäßen: In unseren Geographiebüchern waren Fotos von nackten Wilden, von Kannibalen geradezu, die inmitten von Tigern, Elefanten und anderen kleinen oder großen fremdartigen Tieren standen. Mein Umschlag war doppelt gefaltet, prallvoll und hellblau. Er enthielt vier Serien asiatischer und afrikanischer Briefmarken, die kein anderer Junge in der Stadt besaß. Während ich am Spielfeld und am Rand suchte, wo ich gestanden und den Falken bei seinem Flug beobachtet hatte, kam ein anderer Junge zu mir gelaufen und sagte mir, niemand anderer als Marco hätte die Briefmarken genommen, der Freund, der mir zu der Pilgerreise ins Kloster geraten hatte, um die Gnade zu erhalten, an der mir so gelegen war: Es bestanden keine Zweifel, Marco hatte sie eben erst seinem Freund gezeigt. Ich suchte ihn und forderte ihn auf, sie mir zurückzugeben, aber er bestritt, sie gefunden zu haben.

Am Abend ging ich zu ihm nach Hause und zwang ihn, sie mir zurückzugeben, indem ich ihm drohte, alles seinem Vater zu erzählen, einem aufrichtigen und mürrischen Kaufmann, der auch nicht gezögert hätte, ihn mit dem Riemen zu schlagen. Ich bekam die Briefmarken zurück, aber dies war das Ende unserer Freundschaft. Obwohl ich ihm versprochen hatte, niemandem davon zu erzählen, kam Marco nicht mehr zum Lernen zu mir nach Hause, und er konnte meinen Freunden und Freundinnen auch keine überzeugenden und ehrlichen Gründe für sein Ausbleiben nennen. Ich konnte mir über das Vorgefallene nicht recht klar werden, weder über die Gefühle und die Reaktion Marcos noch über mein eigenes Verhalten. Der kalte Schweiß brach mir aus, wenn ich daran dachte, wie entschieden ich die Briefmarken von ihm zurückverlangt hatte, als ich zu ihm nach Hause gegangen war und ihm gedroht hatte. Mir war, als wäre ich der Schuldigere von uns beiden, und ich empfand beinahe Angst, wenn ich ihm auf der Straße begegnete, und konnte ihm nicht einmal mehr in die Augen sehen.

Eines Tages beschlossen ich und Lino, der zweite Freund, der zu mir zum Lernen kam, ein Finkennest großzuziehen. Wir gingen zu dem Bauern, der das ehemalige Gut des Großvates bewirtschaftete. Der Mann wußte, wo ein Finkennest zu finden war und ging es mit uns besichtigen. Es hing nicht sehr hoch auf einem Baum am Ende einer Reihe von Weinstöcken und sah aus wie ein kompaktes Knäuel aus grauem Heu, aus dem kein Laut drang. Der Bauer packte uns an den Hüften und hob uns sehr vorsichtig empor, und wir sahen, daß vier nackte Vögelchen darin saßen, mit geschlossenen Augen und unbeweglich. Der Mann sagte zu uns, wir sollten in zwanzig Tagen wiederkommen, dann wären die Vögel in der Lage, alleine, ohne Hilfe der Eltern, zu fressen, und könnten in einem Käfig leben. Einen Tag vor dem festgelegten Termin ging Lino jedoch am Nachmittag allein zu dem Bauern und ließ sich die Finken geben, unter dem Vorwand, ich sei krank geworden und hätte ihn nicht begleiten können. Er brachte sie zu sich nach Hause und zog sie allein groß. Mein Wunsch nach den Finken war so stark, daß ich ihn anflehte, mir wenigstens einen zu geben, aber umsonst. Ich wurde hartnäckig zurückgewiesen und beinahe geschlagen, und danach hörte Lino sogar langsam auf, mich zu grüßen. Lino und Marco schlossen sich auf einmal gegen mich zusammen und überredeten sogar unsere Freundinnen, zum Lernen nicht mehr zu mir nach Hause zu kommen, und in der Schule redeten sie so lange auf die anderen ein, bis diese an meiner Tüchtigkeit zu zweifeln begannen; sie sagten, die besten Aufsätze schriebe mir meine Mutter, mein Großvater sei ein Verrückter gewesen, und als solcher würde auch ich enden, sobald ich erwachsen wäre. Sie gingen sogar so weit, mich tätlich anzugreifen, meine Sachen kaputtzuschlagen und meine Kleider zu ruinieren, so daß sie der Lateinlehrer, der sie dabei ertappte, wie sie den Kragen meines Regenmantels aufschlitzten, dem Direktor meldete, der sie vom Unterricht suspendierte. Und indem sie mich als Ursache für ihre Bestrafung angaben, traten sie sogar aus der Fußballmannschaft aus, in der wir bisher gemeinsam gespielt hatten.

Ich fühlte mich von meinen Bekannten immer mehr abgewiesen, und die Momente der Einsamkeit wurden immer häufiger. Das schmerzhafteste Gefühl beschlich mich am Abend, bevor ich zu Bett ging: Da wurde mir immer mehr klar, daß ich der Schwächste von allen war, unfähig, mich zu verteidigen und meinen Überzeugungen zum Sieg zu verhelfen und mich jenen Wesen anzuvertrauen, unter deren Flügeln alle anderen Unterschlupf fanden und gleich wurden, natürlich und glücklich, welches Unglück auch immer ihnen zustieß.

Meine einzigen Freunde waren nunmehr Alberto, der Kaufmannslehrling, und Nicola, der Sohn eines Tischlers, die beide in Läden auf der Via dei Tre Mori arbeiteten. Wenn ich sie traf, blieb ich so lange wie nur möglich mit ihnen zusammen: Und eines Tages forderten sie mich auf, ihrer Fußballmannschaft beizutreten, als wüßten sie von der Einsamkeit, die immer mehr von mir Besitz ergriff. Bald darauf wurden jedoch Alberto schwierigere und heiklere Aufgaben anvertraut: Er mußte die Beziehungen zu verschiedenen Fabriken aufrechterhalten, zur Bank gehen, und seine Freizeit wurde immer spärlicher; am Abend verließ er spät das Warenlager und er nahm langsam die Gewohnheiten der Erwachsenen an. Er wurde zurückhaltend und begann das Café der Kaufleute zu besuchen, wo er nie von der Seite seines Chefs und dessen Sohnes wich, und er unterhielt sich leidenschaftlich gern über Geschäfte. Auch am Sonntag ging er nicht mehr mit mir und Nicola spazieren. Er zog es vor, mit ein paar jungen Männern, die ihn in ihre nicht sehr große, aber unternehmungslustige Gruppe aufgenommen hatten, obwohl sie älter waren als er, zu den Fußballspielen in den Städten der Umgebung zu fahren.

Da ich immer mit Nicola zusammen war, hatte ich ihm alle meine Kränkungen, meine Ängste und Befürchtungen anvertraut. Ich hatte ihm sogar anvertraut, daß ich Rosa liebte, eines der Mädchen, das früher einmal zum Lernen zu mir nach Hause gekommen war. Sie war ein Jahr älter als ich und ging in meine Klasse. Wir waren oft zusammen gewesen, abseits von den anderen Kindern. Hin und wieder war sie krank, und dann ließ ich sie meine Italienischaufsätze und die sonstigen Aufgaben abschreiben und erzählte ihr Tag für Tag, was in der Schule vorgefallen war, was die Schüler und die Lehrer gesagt hatten, und wie die Prüfungen verlaufen waren. Oft fragte sie mich, ob eine Freundin oder eine Lehrerin ein neues Kleid trug, und ich beobachtete alle aufmerksam, um Rosa zufriedenzustellen. Ich hatte sie sehr liebgewonnen, und inzwischen war es mir ein Bedürfnis, so oft wie möglich mit ihr zusammenzusein und zumindest einmal am Tag, am späten Nachmittag, bei ihr vorbeizuschauen. Ihre Verwandten – ihre Mutter war gestorben, als Rosa noch ganz klein war – waren sehr freundlich zu mir und ermutigten mich, sie zu besuchen und mit ihr zu lernen. Ich dachte, sobald ich erwachsen wäre, würde ich mich mit ihr verloben und sie dann heiraten. Auch in der Schule sprachen die Kameraden offen davon, und keiner drängte sich zwischen uns und bat mich um eine Information oder um einen Rat. Eines Tages erfuhr ich jedoch, daß sich Rosa, obwohl sie erst halbwüchsig war, mit einem jungen Kaufmann verlobt hatte, der um einiges älter und sehr reich war: Eine Tante Rosas, die ich zufällig auf der Straße traf, bestätigte mir das Gerücht, und mit hartem Blick, der keine Klagen und keine Vorwürfe zuließ, teilte sie mir mit, daß das Mädchen sofort nach Beendigung der Schule heiraten würde. Als ich Rosa fragte, ob das alles stimmte, ob sie heimlich eine Verbindung mit einem Fremden eingegangen wäre, antwortete sie mir, wir könnten auch weiterhin miteinander lernen, wir könnten uns sehen, wann immer wir wollten, nichts hätte sich zwischen uns verändert: Aber ich war verzweifelt und enttäuscht, weil ich gehofft hatte, Rosa würde für mich die gleichen Gefühle hegen wie ich für sie, und da ich mich betrogen fühlte, lehnte ich ihr Angebot ab. Ich würde nicht mehr lange in meiner Stadt in die Schule gehen, ich würde meine Aufgaben alleine machen und einzig und allein mit Nicola sprechen und mit ihm spazierengehen. Am Ende unseres Gesprächs hatte ich das Gefühl, Rosa sähe mich verblüfft und hochmütig an, so als wäre ich noch ein Kind. Die Kälte, die sich wie ein Messer in meinen Rücken bohrte, brachte mich in ihrer Gegenwart zum Stottern. Ich spürte, daß ich mich in ihrer Gewalt befand, daß sie erwachsener und stärker war, wie Lino, als er mir die Finken weggenommen hatte.

Etwas später, an einem Sonntag, sah ich Rosa, wie sie Arm in Arm mit ihrem Verlobten spazierenging, auf einer schattigen

Straße, die parallel zur Via dei Tre Mori verlief, und die eine der Lieblingsstraßen der jungen Paare war, die abseits von der großen Menge wetteiferten, wer schöner und besser gekleidet war. Der junge Mann schien an Rosas Seite noch größer und stärker zu sein: Rosa, die noch ein zartes Kind war, unbeholfen und mit schmalen, kantigen Schultern, die etwas nach vorn hingen, hatte ihre üblichen Bewegungen abgelegt, die ihr den Anschein von Sicherheit, Zwanglosigkeit und auch von Anmut gaben. Vielleicht spürte auch sie die Kälte in sich aufsteigen, die mich lähmte. Nicola ging neben mir. Ich packte ihn am Ärmel und zog ihn fort. Als wir wieder zu Hause waren, schüttete ich ihm mein Herz aus. Nicola war genauso betroffen wie ich und begann Pläne zu schmieden, wie man die Verbindung Rosas verhindern könnte. Er ersann grausame Rachepläne. Noch nach Jahren sollte ich mich an diesen kummervollen Tag erinnern. Etwas später ging Nicola zu dem Mädchen, um mit ihr zu sprechen. Rosa gestand ihm, daß sie vor allem von einer Tante gedrängt worden war, den reichen jungen Mann zu heiraten. Rosa erschien Nicola an diesem Tag sehr verändert, fast frivol; von mir sagte sie, sie hielte mich für einen kleinen Jungen, der unbeständig und allzu kompliziert sei. Sie sagte, sie hätte immer geglaubt, mir gefiele eine unserer Klassenkameradinnen, Lia, deren Vater ein kleines Café besaß. Empört über diese Lüge kehrte Nicola nach Hause zurück, und von diesem Tag an vermied er es, Rosa zu treffen.

Nicola hatte eine Schwester, die Anna hieß und achtzehn Jahre alt war. Sie besuchte eine Mädchenschule in einer Nachbarstadt, in die sie jeden Morgen mit dem Postautobus fuhr. Anna war eines der schönsten Mädchen in der Stadt, und obwohl ihr Vater und ihr Bruder dafür hart arbeiten mußten, gaben sie ihr Geld für Kleider und ein wenig Schmuck. Die Männer warfen ihr schon begehrliche Blicke zu, und nicht wenige junge Männer hatten sich schon mit ihr verloben wollen. Anna, die groß und üppig war und ein volles, ebenmäßiges Gesicht besaß, ging den Blicken und Komplimenten aus dem Weg und antwortete mit einem sanften, jedoch strengen Lächeln, und auf die Heiratsangebote entgegnete sie, sie würde darüber nachdenken, sobald sie mit der Schule fertig wäre. Im Augenblick müsse sie noch mit ihren Leistungen in der Schule den Vater und den Bruder für die Entbehrungen und Opfer entschädigen, die diese Tag für Tag auf sich nähmen.

Eines Sonntagmorgens, als ich mit einigen Jungen auf dem Platz stand, auf den die Via dei Tre Mori mündete, und wo wir uns wie jede Woche neben dem Zeitungskiosk getroffen hatten, an dem wir die Abenteuerheftchen kauften, die wir dann aus

Sparsamkeit untereinander tauschten, ging Anna an uns vorbei. »Wer hätte das gedacht«, sagte einer der Jungen, »daß sich Anna von Luigi ficken läßt«. Wir lachten alle, so unwahrscheinlich erschien uns diese Verbindung. Luigi war eine seltsame Gestalt: ein Mann von zirka fünfzig Jahren, dumm und eitel, der oft vor dem großen Spiegel im Café oder vor den Auslagen der Läden stehenblieb, um sich zu betrachten, wobei er sich das Gesicht tätschelte und sich frisierte. Dann lachte er zufrieden. Die ganze Stadt wußte, daß ihn seine Frau für Geld mit jedem betrog, der sie dazu aufforderte. Luigi hatte aufgrund eines Scherzes Berühmtheit erlangt, den sich Giuseppe, ein mehr als sechzigjähriger Schmied, der den ganzen Tag nur Karten spielte, auf seine Kosten erlaubt hatte. Eines Abends hatte der Schmied im dicht bevölkerten Café Luigi zu sich gerufen, ihm Geld gegeben und dabei gesagt. »Gib das deiner Frau, sie hat es mir vor ein paar Tagen geborgt. Du brauchst ihr nur zu sagen: Das ist von Giuseppe«. Kaum war Luigi gegangen, hatte er allen erzählt, daß das Geld der vereinbarte Preis für eine Stunde im Bett mit der Frau des anderen gewesen war. Die Geschichte lief von Café zu Café, von Laden zu Laden, von Haus zu Haus. Wenn ein Mann ohne sichtbares Einkommen lebte, hieß es für gewöhnlich: »Er macht es wahrscheinlich wie Luigi, er verwaltet die Dienstleistungen seiner Frau.« Der Junge bestand jedoch auf seiner Behauptung, daß Anna mit Luigi ging, und wir, vor allem ich, sagten ihm, er solle damit aufhören; es war ein absurder Scherz, der, wenn er die Runde machte, Anna schaden konnte. Der Junge wurde ernst und unruhig. »Wenn es doch schon alle wissen«, sagte er. »Alle wissen es, nur ihr nicht.« »Nehmen wir einmal an, es sei wahr, dann werden sie es wohl nicht selbst herumerzählt haben«, sagte ein anderer Junge. »Aber wie machen sie es, wo treffen sie sich, auf einem Feld?« »Das kann ich dir sagen«, meinte der Junge, der als erster gesprochen hatte. »Jeden Morgen, wenn sie zur Schule fährt – sie nimmt ja immer den Autobus, der eine Stunde vor Schulbeginn ankommt – steigt sie kurz vor der Stadt aus. Luigi erwartet sie an der Haltestelle vor der Porta Romana. Von da aus gehen sie in ein Gasthaus, das nicht weit entfernt ist und das einem Freund von Luigi gehört.« Ein anderer Junge, der größte von allen, machte eine Bewegung, die an einen Bauchtanz erinnerte, und schrie: »Das wird eine Schleckerei gewesen sein, und mehr. Die Dummen haben immer Glück«, sagte er und lief davon, als würde er die Bilder, die er selbst heraufbeschworen hatte, nicht aushalten. »Aber woher weißt du es?«, erkundigte sich ein anderer Junge bei dem, der so unvermutet begonnen hatte, von Annas heimlichen Treffens zu sprechen. »Mein Vater hat es meiner Mutter erzählt. Offenbar hat Luigi selbst, um sich wichtig zu machen, Bruno davon erzählt, dem Burschen, der das Café im Sportclub führt. Und weil ihn der auslachte und sagte, er hätte das alles aus Angeberei erfunden, zeigte ihm Luigi die Briefe Annas, in denen sie beschrieb, was sie während der gemeinsamen Stunden im Gasthaus empfunden hatte. Bruno, der nun seinerseits über das, was er gehört und gelesen hatte, staunte, erzählte anderen Burschen von der Liebschaft Luigis.«

Wie wir so rund um den Kiosk standen, konnten wir diesen Reden kaum glauben, die für einige von uns völlig verrückt klangen. Wir begannen zu diskutieren, und um unseren Meinungen Nachdruck zu verleihen, hatten wir bald zu schreien begonnen. Es war Winter, und obwohl wir uns so aufregten, drängten wir uns in einem Winkel hinter dem Kiosk zusammen, wo die Sonne hinschien; zwei oder drei von uns standen mit dem Rücken zum Platz. Einer von ihnen schlug Alarm, als Nicola hinter dem Kiosk hervorgestürmt kam und mitten unter uns stehenblieb. Mir schien, als hätte er die letzten Worte gehört. »Ich habe dich gesucht«, sagte er keuchend zu mir. Nachdem er sich beruhigt hatte, trat er dann so dicht an mich heran, daß er mich fast berührte, und indem er mich ernst anblickte, fragte er mich: »Warum habt ihr so geschrien?« Ich wußte nicht, was ich antworten sollte. Einer der Jungen sagte: »Wir haben uns über Fußball unterhalten, die beiden streiten ununterbrochen darüber, wer besser ist, Bologna oder Genua.« Nicola drehte sich rasch um und ballte die Faust, als wollte er den Jungen schlagen, dann wandte er sich wieder zu mir. »Habt wir wirklich nur über Fußball gesprochen? Schwöre es«, sagte er. Sein Gesicht war gerötet, und seine Augen glänzten vor Wut und Entschlossenheit. »Ich schwöre«, sagte ich. Nicola schien sich zu beruhigen. Er packte mich am Arm. »Komm mit«, sagte er. Ich folgte ihm. Wir gingen stadtauswärts. Er lief in Richtung einer Straße, die zu einem Männerkloster führte. Das Kloster befand sich an der Kurve eines kleines Feldwegs, der von der Straße abzweigte und auf einen kleinen Hügel führte, der hinter der Stadt lag. Von hier oben sah man den Fluß und eine Brücke, Straßen und Plätze, Häuser und Fabriken mit ihren Schloten, und weiter im Süden, wo die letzten Häuser der Stadt standen, befand sich der Ort, in dem ich geboren worden war. Die Stadt unter uns sah aus wie eine Miniaturstadt aus Holzbauten, und in unserer Phantasie hatten wir oft nach Belieben Häuser, Plätze und Straßen verschoben: Mit diesem Spiel hatten ich, Paolo, Mario und Lucia früher oft ganze Nachmittage zugebracht. Bei dieser Erinnerung spürte ich, wie Rührung in mir aufstieg, und ich hoffte, irgendjemand würde auftauchen oder Nicola würde irgendetwas tun. Wir marschierten rasch in Richtung Kloster. Der Wald hinter dem Kloster, dessen Blätter bis weit in den Herbst hinein rot glühten, war nun grau. Nicht alle Bäume hatten die Blätter verloren, doch so von den grünen Kronen der Steineichen überragt, wirkten sie wie tot. Nicola, der zu meiner Linken ging, wurde immer langsamer, und hin und wieder drückte er meinen Arm, als wollte er zu sprechen beginnen. Wir erreichten das karge, weiß getünchte Kloster, hier gab es keine Gräber von Mönchen, nichts; Nicola hatte sich nie an den Wanderungen auf den Monte Luca beteiligt, der in der Ferne zu sehen war; er war auch kein Junge, der mir geraten hätte, ich solle zum Beten in ein Kloster oder in eine Kirche gehen. Ich sah ihn auffordernd an, damit er zu sprechen begänne, aber ich konnte sein Gesicht nicht sehen, das er unter einem Wollschal versteckt hatte. Die Stadt unter uns war kalt und leblos, die Bäume in den Alleen hatten alle Blätter verloren, und die wenigen Spaziergänger auf den Straßen beeilten sich. Meine Angst, Nicola könnte den Namen seiner Schwester gehört haben, wurde immer größer. Ich nahm Nicola an der Hand und zeigte in Richtung Rückweg, aber er hielt mich schroff zurück. »Du hast mir geschworen, daß ihr über Fußball gesprochen habt, und ich glaube dir. Wir sind zu gute Freunde, als daß ich an dir zweifeln könnte«, sagte er. »Als ich ein paar Schritte hinter euch am Kiosk stand, war mir jedoch, als hätte ich den Namen meiner Schwester gehört. Meiner Schwester kann man wirklich nichts unterstellen, sie ist keine Hure wie viele der Mütter und Schwestern der anderen.« Er gab der Erde einen heftigen Fußtritt, dann schrie er: »Wenn mein Vater erfährt, daß irgendjemand in der Stadt eine Geschichte über sie erfindet, erwürgt er ihn.« Die Kälte, die sich auf den Hügel gesenkt hatte, durchdrang plötzlich auch mich. Offenbar wußte Nicola nichts über die Beziehung zwischen Anna und Luigi. Ich stellte mir vor, wie verzweifelt er und sein Vater sein würden ,wenn sie durch einen Hinweis oder die Anspielung einer hinterhältigen Person von der unglaublichen Liebe Annas erfuhren. Plötzlich erschien mir diese Welt, in der jeder gepackt und zerfetzt werden konnte, in der jeder vom anderen getrennt werden konnte, nicht mehr bewohnbar. Ich konnte Nicola keine Antwort geben. Ich wollte weder lügen, noch wußte ich, was ich ihm sonst hätte sagen sollen. Ich versuchte zu sprechen, aber meine Worte klangen entweder dumm oder brutal. Am liebsten hätte ich ihn umarmt, ihn getröstet und beschwichtigt. Ich zitterte und die Kehle schnürte sich mir zu, als ob mich eine Hand würgte. Da rannte ich los und stürzte mich den Abhang hinunter. Als ich stehenblieb, war ich nur wenige Schritte von der Brücke entfernt, die die Stadt mit den Hügeln verband. Ich drehte mich um: Nicola war nicht mehr zu sehen, wahrscheinlich stand er noch immer unbeweglich vor dem Kloster.

Ich begegnete ihm eine ganze Woche nicht. Ich begab mich an die Orte, wo er für gewöhnlich anzutreffen war, jedoch umsonst. Ich ging sogar bis zu der Tischlerwerkstätte, in der er mit seinem Vater arbeitete, aber die Tür war verschlossen, und durch die staubigen Milchglasscheiben konnte ich nicht ins Innere sehen.

Einige Tage später – es war Samstag und wir hatten Ferien – unterhielt ich mich wieder mit den Jungen, die ihre Abenteuerheftchen kauften, und wir standen wieder hinter dem Kiosk, in demselben sonnenbeschienenen Winkel. Plötzlich sah ich auf dem großen Gehsteig, der den Platz säumte, Nicola und seinen Vater auf uns zukommen. Sie waren feiertäglich gekleidet, trugen neue Mäntel und Hüte: Sie kamen uns ernsthaft und steif entgegen, mit festem, schwerem Schritt, wie Soldaten. Den Blick hielten sie geradeaus, ohne jemanden zu sehen. Mit ihren Schritten gruben sie eine Furche des Leids in die Steine der Straße, in meine Gedanken, in die ganze Stadt. Tatsächlich empfanden wohl alle dasselbe wie ich. Instinktiv machte ich ein paar Schritte nach vorn und blieb auf dem Gehsteig stehen. Nicola streifte mich, ohne sich umzudrehen. Später erfuhr ich, daß sie gerade auf dem Weg zu Luigi gewesen waren, um sich die Briefe aushändigen zu lassen. Das Mädchen wurde in eine andere Stadt, zur Schwester ihres Vaters geschickt. Davor hatte man sie viele Tage hindurch im Haus eingeschlossen. Nicola ließ sich nicht mehr blicken, weder am Sportplatz, noch am Kiosk. Ich sah ihn nur mehr ganz selten, und an Orten, wo ich es nie erwartet hätte, und bevor er davonlief, senkte er den Kopf, und ein halb wehmütiges, halb zärtliches Lächeln huschte über sein Gesicht. Dieses Lächeln betrübte mich: Es hieß, daß es ihm nun nicht mehr möglich war, in unsere Mitte zurückzukehren.

Mein einziger Cousin war Elio, der Sohn eines Bruders meines Vaters, der ein reicher Mann war und in einer Nachbarstadt wohnte, und zwar in jener, die mir von allen, die ich bisher gesehen hatte, am besten gefiel. Jedes Jahr verbrachten ich und Elio ein paar Wochen im Haus meiner Großmutter väterlicherseits, die auf dem Land lebte. Ich fühlte mich in Gesellschaft Elios nicht wohl, da er ständig mit dem Reichtum seines Vaters prahlte. Und mein Onkel brachte uns auch im Auto zur Großmutter und holte uns von dort wieder ab. Wie sein Vater warf mir auch Elio vor, daß ich nicht wisse, wie man in ein Auto einsteige, ich schmisse die Türen zu und beschmutze mit meinen ungeputzten Schuhen die Bezüge der Sitze. Um mich den Unterschied spüren zu lassen, der zwischen mir und ihm bestand, trug Elio himmelblaue Oxford-Hemden und braune Krawatten, von denen keine wie die andere aussah, und er erzählte mir von den Büchern, die ihm seine Eltern schenkten und die er sich selbst kaufte. Seine subtile Überheblichkeit versetzte mich in eine nicht allzu ferne Vergangenheit zurück, als meine Mutter und meine Großmutter alle erdenklichen Mühen auf sich hatten nehmen müssen, um mein Kostüm für die Schulaufführung zusammenzustellen; diese Leiden standen auf einmal wieder lebendig vor mir und wiesen auf einen Unterschied hin, der mir unüberbrückbar schien. Wir waren gleich alt, aber selbst vor der Großmutter kommandierte Elio mich herum, als wäre ich ein junger Knecht; und wenn jemand zum Weinholen in den Keller gehen mußte, war es immer ich. Er weigerte sich sogar, mich zu begleiten. Es ärgerte ihn, daß ich mit meiner natürlichen und freundlichen Art bei den Landbesitzern und Bauern, deren Villen und Anwesen sich rund um das Haus der Großmutter befanden, auf so viel Sympathie stieß, und er versuchte, sich zu rächen, und mich auf jede erdenkliche Art zu demütigen. Ich versuchte ihm zu gehorchen und seinen ausgefallenen Launen nachzukommen, und unterdrückte den aufkeimenden Widerstand. Je mehr mich meine Großmutter verteidigte und ihm wegen seiner allzu agressiven Art Vorwürfe machte, desto mehr verfolgte er mich mit seinem Haß, und oft konnte er sich nicht zurückhalten und überfiel mich hinterrücks mit Faustschlägen.

Er bestand darauf, daß er, ich und ein gemeinsamer Freund, der Sohn eines Bauern aus einem Haus in der Umgebung, eine lange Fahrradtour unternahmen. Die Route war vielversprechend: Zuerst würden wir einige Kilometer in Richtung Süden zurücklegen, dann quer übers Land in Richtung Elios Heimatstadt fahren, und unser Weg würde uns an zwei Dörfern, die reich an Ruinen und alten Burgen waren und an einer fast unversehrten spanischen Festung vorbeiführen, und dann sollte es zurück zum Haus der Großmutter gehen. Wir würden beinahe einen großen Kreis in der weitläufigen Landschaft ziehen. Früh am Nachmittag brachen wir auf. Auf einer steilen Straße fuhren wir ins Zentrum des ersten Dorfes hinab. Elio raste uns voraus. Auf halber Höhe des Bergs schrie er, wir sollten anhalten, weil ihm die Speiche eines Rades gebrochen wäre. Er beugte sich nach vorn, um den Schaden besser begutachten zu können, und nachdem er sich wieder aufrecht auf den Sattel gesetzt hatte, machte er uns ein Zeichen, wir sollten weiterfahren, es sei alles in Ordnung. Ein paar Meter danach bremste er jedoch so abrupt, daß es ihn quer über die Straße schleuderte. Ich war dicht hinter ihm. Hätte ich versucht, links auszuweichen – rechts war es unmöglich, weil gleich neben der Straße Felder lagen – wäre ich mit dem anderen Gefährten zusammengestoßen, der mir ganz dicht und schnell folgte. Ich bremste, konnte das Rad jedoch nicht nach ein paar

Metern anhalten, wie ich gehofft hatte. Ich fuhr auf ihn auf. Mit dem spitzen Schutzblech meines schweren deutschen Fahrrades traf ich seinen Hintern, zerriß seine Hose und seine Unterhose und fügte ihm sogar eine kleine Fleischwunde zu. Als er sich an seinen Hintern faßte und Blut spürte, schmiß er das Rad mitten auf die Straße und wollte sich auf mich stürzen. Er brüllte, das hätte ich absichtlich gemacht, ich sei ein armer Schlucker, ein Hungerleider, ein Lügner, ein Feigling. Er lief zu einem Steinhaufen neben der Straße, packte einen großen Stein und schleuderte ihn nach mir und traf mich am Bein. Mit hochrotem und vor Wut angeschwollenem Gesicht setzte er sich an den Straßenrand. Kaum hatte er sich wieder beruhigt, sagte er, daß er mit dem Riß in der Hose nicht durch die beiden Dörfer und die anderen Orte fahren könnte; und wenn wir nach Hause kämen und die Großmutter ihn mit zerrissenen Kleidern sähe, würde sie ihm Vorwürfe machen und ihn zu seinem Vater zurückschicken; es durfte also niemand etwas davon bemerken. Unser Freund kannte eine Familie, die in dem ersten Dorf auf unserem Weg wohnte; dort würde eine Frau, mit der er befreundet war, die Hose flicken. Wir erreichten das Dorf zu Fuß, indem wir die Räder an der Lenkstange hielten und schoben, und mein Cousin, der in der Kniekehle ein paar Blutflecke hatte, bedeckte seine linke Hinterbacke mit der Hand. Wir fanden das Haus, in dem die Freunde unseres Gefährten wohnten, und eine alte Frau flickte mit belustigtem Lächeln mehr schlecht als recht Elios Hose, wobei sie hin und wieder eine anerkennende Bemerkung über seine Wohlgenährtheit fallen ließ. Die mißglückte Arbeit und die Witzeleien der Alten hatten die Wut meines Cousins aufs neue entfacht, und er stürmte aus dem Haus, ohne der Frau danken. Während der ganzen Rückfahrt schimpfte Elio nicht nur auf mich, sondern auch auf unseren Gefährten, und er drohte, daß er sich rächen würde, wenn wir am wenigsten darauf gefaßt wären. Seine immer wiederkehrenden Wutanfälle und der Stein, den er auf der Hinfahrt nach mir geworfen hatte, stimmten mich und den anderen Jungen traurig, denn die Worte Elios offenbarten eine Heimtücke, die wir ihm nie und nimmer zugetraut hätten.

Als wir ins Haus der Großmutter zurückkamen, war es bereits sehr spät. Die Großmutter schimpfte mit uns, und wir rechtfertigten uns mit der Länge unserer Route. Elio drehte sich beim Sprechen nicht um, und sie bemerkte nichts. Am Morgen darauf trug mein Cousin eine andere Hose. Er lächelte, und sein Groll schien völlig verraucht zu sein. Gegen Mittag, als ich auf das Essen wartete, setzte ich mich in den Schatten auf die Pflastersteine, die rund um das Haus liefen. Plötzlich schrie die Großmutter, ich solle aufstehen, und indem ich mich umdrehte, rückte ich ein wenig zur Seite: Da fiel, einen Schritt von mir entfernt, ein Ziegel zu Boden. Ich hörte, wie die Großmutter Elio ohrfeigte, der weinend gestand, daß er mich hatte umbringen wollen, um sich für den Riß in der Hose und die Wunde am Hintern, die ich ihm zugefügt hatte, zu rächen. Von einem Stoß neben dem Hühnerstall hatte er einen Ziegel genommen, hatte gewartet, bis ich mich in den Schatten setzte, und versucht, mich zu treffen. Die Großmutter war gerade rechtzeitig gekommen, um zu verhindern, daß ich erschlagen wurde. Bestürzt jagte sie Elio davon; und nach einigen Tagen reiste auch ich ab.

Ein Jahr vor der Abschlußprüfung im Gymnasium verbrachten meine Mutter, ihre Schwester Rosalba, meine Cousine Vera und ich den Juli und August in einem Ort auf dem Land, der Le Torri hieß. Es war ein kleines Dorf, ungefähr zwanzig Kilometer von der Stadt entfernt, in Richtung zum Meer. Eine große Villa mit zwei Seitentürmen, nach denen das Dorf benannt war, überragte eine Gruppe kleinerer Villen und ein gutes Dutzend Bauernhäuser, die dicht beinander standen und in deren Mitte sich der Laden Pietros befand, der aus einem großen Zimmer, in dem man alles kaufen konnte, und zwei Nebenräumen bestand, wo sich im Winter die Jugendlichen aus Le Torri und den Nachbardörfern, La Foce und San Leonardo trafen, um Karten zu spielen oder zu tanzen. Etwas abseits von den anderen Häusern lag die Kirche. Das Dorf befand sich nur auf einer Seite der Straße, und wenn man von der Stadt kam, wurde es beinahe von der großen Villa verdeckt. Auf der anderen Seite der Straße, dem Laden Pietros direkt gegenüber, lag nur eine Tenne, die zehnmal so groß war wie jene, die neben den Häusern der Bauern standen. Früher einmal, als das ganze Dorf den Bewohnern der Villa delle Torri gehört hatte, kamen die Bauern hierher, um Korn zu dreschen, Maiskolben zu putzen und sonstige Produkte zu verpacken. Jetzt, wo das Land infolge zahlreicher Verkäufe auf mehrere Besitzer aufgeteilt war, hatte die Tenne keine Funktion mehr. Um sie herum war kein Lager stehengeblieben, kein Dach, um den Tieren Schutz zu bieten. Sie hatte sich jedoch beinahe zum Hauptplatz des Dorfes entwickelt, wo sich vom späten Frühling bis zum Herbst abends die Burschen und Mädchen aus Le Torri und den Nachbardörfern trafen, sowohl die Reichen als auch die Bauern, um sich zu vergnügen. Am Tag des Schutzherrn des Dorfes fand hier ein großes Fest statt, mit festlicher Beleuchtung und Tanz, und Mädchen und Burschen boten jedem aus großen Korbflaschen süßen Weißwein an.

Meine Mutter und meine Tante hatten ein kleines Haus in der Nähe der Kirche gemietet. Am Tag unserer Ankunft in Le Torri entdeckte ich ein Sonnenblumenfeld, das auf der einen Seite bis zu der Hecke reichte, die unseren Garten umgab, und auf der anderen Seite fast bis zur großen Tenne. Ich staunte über die Größe des Feldes. Unter der Tenne fiel das Land steil ab, in schmalen Terrassen, die von unbehauenen Steinmauern gestützt wurden, und darunter lang ein grüner, kühler Landstrich, wo Gruppen von Eichen und Haselnußsträuchern und ein paar Pinien zu sehen waren, und noch ein Stück weiter hinten befand sich der Fluß. Es war bereits später Nachmittag. Der Ziegelboden auf der Tenne war hellrosa, und die Sonne hatte darauf heißen Staub verstreut. Im Dorf war noch niemand zu sehen. Am Abend nach dem Essen gingen Vera und ich auf die Tenne, wo wir ungefähr zwanzig Leute antrafen, die sich in drei Grüppchen aufgeteilt hatten, die plauderten und auf- und abgingen. Bald hatten wir Bekanntschaft mit ein paar Jungen und Mädchen geschlossen, die ein paar Jahre älter waren als wir und die uns in ihre Villen einluden. Auch meine Mutter und meine Tante schlossen Freundschaft mit Frauen ihres Alters. Oft spielte auf der Tenne ein junger Mann Geige, und es bildeten sich Paare, die sogar Quadrillen tanzten, die von einem Bauern angesagt wurden, einem alten Mann mit dichtem, weißem Haar, der auf die Mauer der Tenne stieg, um die Tänzer besser sehen zu können.

Um das schon etwas alte Haus, das wir bewohnten, sauber zu halten, ließen sich meine Mutter und meine Tante von Gino helfen, einem zwanzigjährigen Burschen von mittlerer Statur, dem Sohn eines Bauern. Von 10 bis 12 fegte Gino Zimmerböden, polierte Kacheln, legte die Wäsche zum Waschen hin. Er hatte sofort Freundschaft mit mir und Vera geschlossen: Er schenkte uns Obst und Blumen, und eines Morgens brachte er uns eine Amsel, die hin und wieder einen kleinen Triller ausstieß und den Leuten nachlief. Ich sah Gino aber nur in diesen beiden Morgenstunden; eines Tages bat ich ihn, auch am Nachmittag mit ihm spazierengehen zu dürfen, aber er senkte den Blick und seine Lippen verzogen sich zu einem mehrdeutigen Lächeln. Es war sinnlos, ihn auf dem Land oder auf dem Gut, das sein Vater bewirtschaftete, oder in den Feldern am Fluß suchen zu wollen. Auf meinen Streifzügen durch die Umgebung schleppte ich Vera mit, und sie beschwerte sich, weil es nicht einfach war, Freundschaft mit den anderen zu schließen, und sie so fast immer allein im Haus war. Offenbar fühlte sie sich von Gino angezogen während er arbeitete, aber er schenkte ihr nicht mal einen Blick.

Als ich am wenigsten damit rechnete, führte Gino mich eines Nachmittags, nachdem er die Zimmer sauber gemacht hatte, ins

Sonnenblumenfeld. Auf Himmel und Erde lastete eine schwere ermüdende Hitze, wie sie schlimmer nicht sein konnte. Als wir die ersten, spärlichen Pflanzen hinter uns gelassen hatten, drangen wir in das Feld mit den dichtstehenden Sonnenblumen vor, die größer waren als wir und deren große Blüten alle in eine Richtung blickten. Wilde Hornissen flogen von den Blüten auf, um uns anzugreifen, so wie sie jeden Eindringling angegriffen hätten, der mit seinen Schritten einen Stengel oder ein Blatt leicht zum Zittern brachte. Gino sagte, es bestünde keine Gefahr, denn die Hornissen kannten ihn, ich sollte jedoch aufpassen und ihm dicht auf den Fersen bleiben: Er erzählte mir von Schlangen und großen Ratten, die von den Hornissen getötet worden waren. Die Sonnenblumen wirkten ebenfalls wie lebendige und hinterhältige Wesen, die den Hornissen aus geheimnisvollen Gründen Schutz boten und ihnen ihren reichlichen und berauschenden Nektar schenkten. Gebeugt und ängstlich folgte ich Gino, der gut aufpaßte und mit einem Hartriegelzweig, den er von einer niedrigen Hecke abgerissen hatte, die Hornissen verjagte, die sich seinem Gesicht zu sehr näherten. Ich rückte im Schutz seines erhobenen Arms und seiner breiten Schultern vor. Seltsamerweise wandten sich uns von Zeit zu Zeit auch die Sonnenblumen drohend zu; von der Last ihrer mit Samen dichtbesetzten Blüten und fleischigen Blätter zu Boden gedrückt oder von der Gewalt der Sonne niedergeworfen, schnellten sie plötzlich in die Höhe, um sofort darauf den Kopf wieder zwischen die umstehenden Stengel sinken zu lassen, und ohne daß ich es bemerkte, trafen sie mich dabei hart im Rücken. Als wir die Mitte des Felds erreicht hatten, fanden wir eine kleine Lichtung: Die Sonnenblumen wurden spärlicher, um weiter hinten wieder dichte Reihen zu bilden. Gino setzte sich auf eine der nackten Schollen, und ich machte es ihm nach. Er schwieg lange, dann sagte er, wenn ich ihn am Nachmittag sehen wollte, dann würde ich ihn hier antreffen, ich dürfte jedoch niemals Vera mitnehmen und ihr auch nicht erzählen, daß er mich ins Sonnenblumenfeld geführt hatte. Als sich Gino am nächsten Morgen von mir verabschiedete, sagte er zu mir: »Heute sehen wir uns dort.« Und als sich Vera, meine Mutter und meine Tante am Nachmittag zum Schlafen hinlegten, lief ich aus dem Haus und wagte mich, gebeugt und fast auf allen vieren, ins Sonnenblumenfeld, ängstlich, aber von einer quälenden Verlockung angetrieben. Gino erwartete mich. Er hatte eine Sichel bei sich, die so scharf geschliffen war wie ein Messer, und ein Säckchen aus dunkler Leinwand. Daraus zog er ein Meerschweinchen hervor, tötete es mit der Sichel, indem er ihm den Bauch aufschlitzte, und nachdem er es lange betrachtet hatte, schleuderte er den Kadaver weit von sich. Zu mir sagte er, die Hornissen mochten dieses Fleisch. Inzwischen standen die Sonnenblumen unbeweglich, und die Hornissen schliefen auf ihren Samen, die in den gelben Blüten eingebettet waren. Geraume Zeit verging. Dann machte mir Gino ein Zeichen, ich solle aufstehen. Er trat zu einer der größten Sonnenblumen, löste eine Handvoll Samen heraus und brachte sie mir. Er sagte: »Iß sie, sie sind besser als Kürbiskerne.« Von nun an ging ich Vera aus dem Weg und kehrte öfter an diesen Ort zurück. Stets traf ich Gino an, der auf den Schollen saß. Eines Tages sagte er zu mir, er sei mit den Hornissen und den Sonnenblumen befreundet, und er brächte ihnen immer ein kleines Tierchen zum Fressen mit, das er mit der Sichel tötete. Oft zog er kleine Stachelschweine aus dem Beutel, die er in den Feldern jagte. Dann schwieg er und starrte unbeweglich vor sich hin, als wäre er ein Wachtposten vor dieser Festung, deren Mauern aus gelben Blumen bestanden, die zuweilen schlafend die Köpfe hängen ließen und dann wieder im Sonnenlicht emporschnellten. Immer gab er mir jedoch ein paar Sonnenblumenkerne zu essen, die er aus einer Blüte löste, die zu den höchsten und größten gehörte.

Eines Nachmittags fragte mich Gino, ob ich schon einmal mit einer Frau zusammengewesen wäre. Ich verneinte. »Nicht einmal mit Vera?«, fragte er erstaunt. »Nein«, antwortete ich. »Das ist unmöglich«, sagte Gino. »Sie ist ständig in deiner Nähe, hübsch und alt genug, um mit den Männern ins Bett zu gehen. Ich habe ihr Geschlecht gesehen. Sie sitzt immer mit gespreizten Beinen auf den Stufen. Ihr Geschlecht ist rosa und sieht aus wie eine saubere Wunde. Manchmal hätte ich Lust, sie hierher mitzunehmen, ihr die Spitze der Sichel hineinzustecken, sie aufzuschlitzen wie ein Meerschweinchen und den Hornissen zu überlassen. Wenn ihr nächstes Jahr wiederkommt, werde ich dafür sorgen.« Ich machte eine Geste des Widerwillens. Empfindungen, die mich schon mehrmals übermannt hatten, ohne jemals genaue Form anzunehmen, standen nun deutlich vor mir. Auch ich hatte das Geschlecht Veras gesehen, und sie hatte Schelte von ihrer Mutter bekommen, aber kurz danach ging alles wieder seinen gewohnten, alltäglichen Gang. Wenn manchmal ein Sessel im Garten fehlte, sagte Vera zu mir: »Setz dich auf meinen Schoß«, und strich sich den Rock glatt. Dann schritt meine Tante ein: »Ihr seid zwar Cousin und Cousine, aber solche Aufforderungen macht man nicht. Er ist auch nur ein Mann«, und schon liefen meine Gedanken wieder in eine andere Richtung. Gino ließ aber nicht locker: »Ihr in der Stadt seid viel zurückgebliebener als wir. Hier lauern die Burschen und auch die kleinen Jungen stundenlang den Liebespärchen auf, um sie dabei zu überraschen, wenn sie sich am Rande eines Waldes oder in einem Graben lieben, und dann zwingen sie die Mädchen, es auch mit ihnen zu tun. Sie überfallen die Mädchen und auch die Ehefrauen, wenn sie allein auf den Feldern oder etwas abseits von den anderen sind, zur Erntezeit, wenn die Frauen nicht einmal erkennen, wer auf ihnen liegt.«

Einige Tage später war Vera nach dem Mittagessen nicht müde und zögerte, auf ihr Zimmer zu gehen. Mit übereinandergeschlagenen Beinen saß sie in einem Sessel. Als ich so neben ihr saß, erinnerte ich mich an die Worte Ginos: Ich spürte das Verlangen, ihr den Kopf und den Hals zu streicheln, und andererseits überlegte ich mir, wie ich sie mir vom Hals schaffen könnte, um ins Sonnenblumenfeld zu laufen, wo Gino auf mich wartete. Meine Tante trat ans Fenster und sagte: »Vera, wenn du nicht müde bist, dann lerne wenigstens ein bißchen. Seit ein paar Tagen habe ich dich nicht mehr mit einem Buch in der Hand gesehen.« Vera kauerte sich in ihrem Sessel zusammen, aber ihre und auch meine Mutter ließen nicht locker: »Vera, komm, gehorche. Wenn du nicht lernen willst, haben wir eine Arbeit für dich.« Vera drehte sich langsam um und sagte zu mir: »Warte auf mich.« Sie ging auf das Haus zu. Kaum sah ich sie auf dem kleinen Balkon über dem Haustor mit den Frauen sprechen, sprang ich auf und lief zum Sonnenblumenfeld. Doch schon nach wenigen Schritten hörte ich, daß Vera mir nachgelaufen kam und mich rief. Ich warf mich der Länge nach zwischen die Pflanzen, wobei ich darauf achtete, die Stengel nicht zu berühren und meiner Cousine keinen Anhaltspunkt zu geben, wo ich mich befand. Dann kroch ich auf allen vieren weiter, bis ich Gino erreicht hatte, der mich stehend erwartete. Die Sichel hatte er nicht bei sich. Die Sonnenblumen standen alle aufrecht auf ihren Stengeln und sogen gierig das grelle und reichliche Sonnenlicht ein. Ich fürchtete, Vera hätte uns entdeckt und wollte wissen, was wir taten, wenn wir allein waren. Und außerdem fürchtete ich, sie könnte Gino in die Hände fallen, ich fürchtete, sie könnten sich bereits getroffen haben und sich einig sein. Im Feld war kein Geräusch zu hören, aber ich hatte nicht den Mut, Gino zu verschweigen, daß Vera mich suchte. Also schlug Gino eine andere Richtung ein, wir setzten uns in die zur Villa entgegengesetzen Richtung in Bewegung und verließen das Sonnenblumenfeld, das, von einem Stacheldrahtzaun umgeben, an ein großes Kleefeld angrenzte. Gino fand einen Durchschlupf im Stacheldrahtzaun und führte mich in Richtung Tenne. Wir liefen unter der Tenne durch und stürzten uns den grasbewachsenen Hang hinunter, wobei wir uns an den Zweigen der Haselnußsträucher festhielten. Wir kamen zum Fluß, liefen gut hundert Meter am Ufer entlang, überquerten ihn auf einer Steinfurt und liefen in den Eichen- und Haselnußwald hinein, den man von der Tenne aus sah. Weiter hinten, hinter einer dichten Wand von Bäumen, stand eine kleine Hütte aus Besenkraut, deren abfallendes Dach fast bis zur Erde reichte. Mehr als zwei Personen hatten darin keinen Platz. Vor der Tür, die ebenfalls aus Besenkraut war, warteten drei knapp zwanzigjährige Burschen: zwei saßen im Gras, das hier sehr dicht wuchs, und einer stand neben der Hütte. Die Tür ging auf, und heraus kam ein anderer Bursche, der ungefähr so alt war wie ich. Im Inneren sah ich auf einem Heuhaufen ein junges Mädchen liegen, deren Kleid bis zum Bauch hochgeschoben war. Mein Blick wurde einen Augenblick lang trüb, ich hatte befürchtet, es könnte Vera sein. Aber der Junge, der neben der Hütte stand, machte Gino ein Zeichen, und der sagte zu ihm, er solle hineingehen. Meine Ängste verschwanden und stattdessen machten sich Aufregung und Verlangen breit. Die Burschen betraten und verließen der Reihe nach die Hütte, stets nachdem Gino seine Zustimmung gegeben hatte. Danach warteten sie schweigend in einiger Entfernung. Auch Gino ging hinein. Ich hörte, wie das Mädchen schrie: »Nein, nein.« Gino kam mit angespanntem und drohendem Gesichtsausdruck wieder heraus. Er packte mich am Arm und stieß mich in die Hütte. Das Mädchen sah mich kaum an und begann wieder zu schreien. »Verwinde, ich will nicht, er ist nicht wie die anderen.« Es war noch ein ganz junges Mädchen mit schwarzen, krausen Haaren. Sie zog sich das verwaschene blaue Kleid über das Gesicht, wodurch sie ihren Körper bis zur nackten Brust entblößte: Sie war mager, wohlproportioniert und hatte eine dunkle Haut. Durch den Stoff des Kleides hindurch hörte ich ihre erstickten Schreie. »Du nicht, du nicht, verschwinde.« Dann drehte sie sich auf den Bauch und begann zu weinen. Gino kam wütend herein, kniete sich neben das Mädchen, legte ihr die Hände zwischen die Schenkel und wollte sie mit Gewalt spreizen, aber es gelang ihm nicht, sie auf den Rükken zu drehen. Sie spannte den Körper an, schüttelte den Kopf, schrie. »Geh mit seiner Cousine ins Bett, bring alle zu ihr«, schrie sie. Gino schlug ihr mit der Faust auf den Kopf. »Die Kinder der Herrschaften sind nicht anders als wir, Dummkopf.« Gino zog mich aus der Hütte. »Ihr zwingt sie also, mit allen zu schlafen?«, fragte ich ihn. »Nicht nur sie«, antwortete er. Ich blickte zur Tenne hinauf, sie schien hoch über mir zu schweben, ein unerreichbares Gebirge. Ich war am Ende meiner Kräfte. Das Bild des nackten, schreienden, geschlagenen Mädchens, das sich wie verrückt gebärdete, wurde von anderen Bildern überlagert, von Bildern Rosas, Veras, meiner Mutter, meiner Tante. Die Liebe, die ich Rosa gegenüber empfunden hatte, das Geschlecht Veras, das Geschlecht des Mädchens, das ich eben in der Hütte gesehen hatte, brachten meine Gedanken durcheinander. Gino sah mich erstaunt an. Er packte mich an den Schultern und schüttelte mich. »Wenn du auch nur ein Wort von dem erzählst, was du eben gesehen hast, schlage ich dir alle Zähne ein«, sagte er. Er packte mich am Arm und zwang mich, mit ihm den Hang hinaufzusteigen, wobei er immer schneller wurde. Keuchend lief er mir voran. Dann blieb er stehen und sagte: »Eines Tages finde ich ein Mädchen für dich. So lernst du die Frauen kennen und wirst sie nie wieder vergessen.« Ich lief nach Hause und erzählte meiner Mutter, was ich gesehen hatte. Ich beschwor sie, sie solle meine Tante dazu bewegen, Vera nicht mehr allein aus dem Haus zu lassen und sie immer im Auge zu behalten.

Ein paar Tage lang lief ich weder ins Sonnenblumenfeld noch sah ich Gino; und auch er tauchte am Morgen nicht mehr auf, um meiner Mutter und meiner Tante zu helfen. Aber als ich eines Nachmittags in Pietros Laden ging, um Seife zu kaufen, stand Gino an der Tür, als ob er auf mich wartete. Er beobachtete zwei Mädchen, die auf der Tenne auf- und abgingen, und die sich früher noch nie in Le Torri hatten sehen lassen. Sie waren dunkelhaarig und kräftig. Auch sie sahen uns an, und eine von den beiden, die ein dunkelblaues, zu großes Kleid trug, mit einem Band um die Mitte, das ihre vollen Hüften betonte, löste sich von der anderen, und indem sie sich die Haare zurechtschüttelte und den Rock hob, kam sie auf uns zu, während wir unbeweglich an der Ladentür standen. Dann kehrte sie um, und beim Gehen drückte sie mit den Schuhspitzen und den Absätzen den Staub nieder, der sich auf den großen Ziegeln angesammelt hatte. Ihre Beine waren nackt und kräftig, und der dunkelblaue Rock ließ sie noch nackter erscheinen. Sie umkreiste das andere Mädchen, und dann hockte sie sich nieder und betastete den Staub auf den Ziegeln, schob ihn zu einem kleinen Häufchen zusammen und tauchte die Hände hinein, worauf sie ihre Hände betrachtete und sie an den Beinen abwischte. Dann stand sie wieder auf und ging zu dem anderen Mädchen zurück, wobei sie nach wie vor mit den Absätzen und den Schuhspitzen auf den Ziegelboden trat, und begann mit ihr zu flüstern. Kein Detail von Ginos Mienenspiel war mir entgangen, während er ganz gelassen die Bewegungen des Mädchen verfolgte. Ich war derart damit beschäftigt, Gino zu beobachten, daß ich an all das, was ich in der Hütte gesehen hatte, nicht mehr dachte, und als ob in den Tagen davor nichts vorgefallen wäre, sagte er zu mir: »Mit der da möchte ich ein wenig allein sein, in der Hütte.« Und dann fügte er hinzu: »Komm mit ins Sonnenblumenfeld.« In diesem Augenblick machten uns die beiden Mädchen ein Zeichen. Wir gingen zu ihnen. Die mit dem blauen Kleid hieß Alba, die andere Marina. Sie waren die Tochter und die Nichte eines reichen Kaufmanns aus einer Stadt im Norden, der vor wenigen Monaten eine Villa in der Umgebung gekauft hatte. Alba fragte uns, ob es in Le Torri Mädchen und Burschen gäbe, mit denen sie sich zusammentun könnten, um in den Feldern spazierenzugehen und, wenn möglich, auch zu tanzen. Gino antwortete ihr, sie solle am Abend auf die Tenne kommen, dann würde sie alle Bewohner von Le Torri und der Villen in der Umgebung antreffen. Marina erkundigte sich nach dem Namen der Villen, die von hier aus zu sehen waren, und des Flusses, und sie fragte, ob hinter dem Eichen- und Haselnuß- wald, in einem Gebiet, das man von hier aus nicht sah, wieder Felder lägen. Als es Zeit wurde zum Abendessen, fuhren Alba und Marina auf ihren Fahrrädern davon, die sie an eine Mauer der Tenne gelehnt hatten. Mir war aufgefallen, daß Gino und Alba beim Sprechen sehr nahe beinander gestanden waren und daß das Mädchen den Jungen hin und wieder mit nach vorn ge- schobenem Gesicht anblickte.

Noch an diesem Abend kamen Alba und Marina nach Le Torri und schlossen viele Bekanntschaften. Alba wollte tanzen, und Gino holte Tommaso, den Geigenspieler, der noch nicht auf der Tenne eingetroffen war. Gino, der eine braune Hose und ein weißes Hemd trug, tanzte sofort mit Alba. Wenn sie mit einem anderen Burschen tanzte, folgte er ihr mit dem Blick und wartete geduldig, bis er wieder an der Reihe war. Als wir nach Mitter- nacht nach Hause zurückkehrten, sagte Gino zu Alba, an einem der nächsten Tage würde er ihr ein Stück des Flusses zeigen, wo sich dieser etwas verbreitete und wo man schwimmen konnte, und einen Haselnußwald hinter den Eichen. Ich dachte, Gino wollte Alba in eine Falle locken, aber ich scheute mich, sie zu war- nen, weil mich bei der Vorstellung, mich ihr allein zu nähern, eine seltsame Schüchternheit überfiel.

Am Nachmittag kamen Alba und Marina nie nach Le Torri, aber am Abend waren sie, unauffällig und ausgeruht, immer die ersten auf der Tenne. Mir war, als würde Alba Gino ermutigen, in ihrer Nähe zu bleiben, und alle anderen schlossen sich zu Paa- ren zusammen und ließen die beiden in Ruhe. Auch beim Tanzen gingen sie immer dorthin, wo der meiste Platz war, wobei sie häu- fig entlang den Wänden der großen Tenne tanzten.

Gino ließ sich noch immer nicht bei uns zu Hause blicken. Aber am Nachmittag zog er sich immer in das Sonnenblumenfeld zurück, wo er lange auf dem Boden liegenblieb, mit den Armen unter dem Kopf verschränkt, fast immer schweigend. Er brachte den Hornissen und den Sonnenblumen keine kleinen Tiere mehr, und auch die Sichel trug er nicht mehr bei sich. Mir schien, als würde ihm das Sprechen Mühe bereiten, als würde ihn ein Gedanke daran hindern, den ich jedoch nicht erraten konnte. Eines Tages Anfang August fand ich ihn jedoch nicht im Sonnenblumenfeld. Ich kehrte um, und nachdem ich den Garten durchquert hatte, erreichte ich die Tenne. Sie war leer. Ich setzte mich auf das Mäuerchen, auf der Seite des Abhangs. Plötzlich sah ich zwei kleine Pünktchen, die sich unten, hinter den Eichen und den Haselnußsträuchern bewegten. Sie verschwanden und tauchten auf der anderen Seite der Bäume wieder auf. Wie sie so allmählich auf mich zukamen, erkannte ich Gino und Alba. Jetzt gingen sie hintereinander, mit einigen Schritten Abstand. Gino kletterte als erster den Hang hinauf. Er hielt Alba die Hand hin, aber bei dieser Geste blieb sie stehen und behalf sich, indem sie sich an einem Büschel Grünzeug festhielt. Als sie in die Nähe der Straße kamen, blieben sie stehen. Einige Minuten standen sie nur da und sahen sich an; Gino machte ihr ein Zeichen, sie solle näherkommen, doch sie schüttelte den Kopf: Da sprang der Junge auf die Straße und rannte nach Hause. Alba ging träge weiter und holte das Rad, das sie hinter der Mauer der Tenne versteckt hatte und das mir nicht aufgefallen war.

Am Tag darauf traf ich Gino im Sonnenblumenfeld. Er kniete auf den Schollen und grub mit der Sichel ein Loch in der Erde. Seine Schläge waren so heftig, als wolle er in aller Eile den Kadaver eines Tieres eingraben, der ihn beunruhigte, aber rings um ihn konnte ich nichts sehen. Kaum hatte er mich erblickt, stand er auf. »Komm«, sagte er zu mir und ging in Richtung der Landstraße. Ein paar Meter von uns entfernt sahen wir, zwischen den Sonnenblumen am Feldrand, eine große Schlange, die den Weg kreuzte. Gino blieb stehen, hielt mich mit einer Hand hinter sich fest, fuhr sich durch die Haare und hob die Sichel, so hoch, daß er fast die Sonnenblumen berührte, und schleuderte sie auf die Schlange, die er über dem Kopf traf; die Schlange wand sich, aber die Sichel hielt sie am Boden fest. Gino packte die Sichel aufs neue und hackte der Schlange mit einem sauberen Schlag den Kopf ab. Er hob den Körper auf und ließ, indem er eine Bewegung machte, als würde er ihn auswringen, eine rötliche Flüssigkeit heraustropfen. Mit dem hinteren Ende der Schlange in der Hand überquerte er die letzten Meter des Feldes. Ich folgte ihm. Unerwarteterweise erblickten wir Alba und Marina auf der Tenne, die dort mit zwei unbekannten jungen Burschen standen. Gino flüsterte mir zu: »Am liebsten würde ich sie genauso umbringen wie diese Schlange. Sie hat sich nicht einmal herabgelassen, sich neben mich zu legen.« Alba ging wieder auf der Tenne auf und ab, wobei sie den rosa Staub auf den Ziegeln mit den Absätzen und den Schuhspitzen niederdrückte, so wie sie es auch an dem Tag getan hatte, als wir sie kennenlernten. Gino ging zu ihr hin und warf ihr die Schlange vor die Füße. Alba schob die Schlange, überhaupt nicht überrascht, mit der Schuhspitze mehrmals hin und her, dann bückte sie sich, um sie zu berühren. Sie wälzte sie im Staub, bis sie völlig bedeckt war und seine Farbe angenommen hatte. Dann stand sie auf, lächelte Gino an und fragte ihn: »Wo hast du sie umgebracht? Ich habe eine Freundin, die sich lebendige Schlangen um die Arme wickelt. Auch ich habe keine Angst vor ihnen. Suchen wir eine andere«. Gino drehte sich auf dem Absatz um und ging in Richtung des Sonnenblumenfeldes. Alba folgte ihm, ohne sich von den anderen zu verabschieden. Ich sah zu, wie Gino und Alba zwischen den großen gelben Blumen verschwanden, die sich noch immer ihrer Sonnenmahlzeit hingaben. Ich konnte mir nicht vorstellen, warum sich Alba, ihre Freundin und die beiden Burschen zu dieser ungewöhnlichen Stunde auf der Tenne trafen, die in der Sonne glühte, und warum ihr Gino derart vertraulich und vor allen die Schlange vor die Füße geworfen hatte, nach dem, was er mir zuerst erzählt hatte. Genausowenig verstand ich, warum sie ihn aufgefordert hatte, noch eine Schlange im Sonnenblumenfeld zu suchen, wohin Gino sonst niemanden mitnahm. Ich überquerte die Straße und lief durch den Garten bis zum Sonnenblumenfeld. Zwischen den Pflanzen kroch ich zu der Stelle, wo sich Gino für gewöhnlich aufhielt, aber niemand war dort. Die Sonne ging rasch unter, die Luft wurde immer klarer und leichter, und die großen Blumen ließen langsam ihre Köpfe sinken. Ich fand mich auf der anderen Seite des Feldes wieder, am Anfang des Kleefeldes. Ich lief über das Feld und erreichte eine Villa, neben der ein Bauernhaus stand. Auf den Stufen des Hauses saßen Gino, Alba und die beiden jungen Bauern. Gino spielte mit der Sichel und wies mit ihrer Spitze auf einige Orte in der Umgebung. Nach einer Weile sprang Gino auf, und Alba streckte ihm, um ebenfalls aufzustehen, die Hände entgegen. Ich zog mich ganz langsam zurück. Von diesem Nachmittag an war es mir einige Tage lang unmöglich, Gino oder Alba zu sehen. Eine geheimnisvolle, quälende Angst hatte von mir Besitz ergriffen, und oft mußte ich nach Hause zurücklaufen, wo ich Vera nicht mehr von der Seite wich, bis die Angst verschwand und mich in einem Zimmer zurückließ, das zu keinem Haus gehörte und das sich nirgendwo auf der Erde befand.

Am Abend des zehnten August feierten die Bewohner von Le Torri und die Besitzer der Villen das Fest von San Lorenzo. Die Tenne wurde mit Eichenlaub, Farn und Glühbirnen geschmückt.

Alle von uns waren an diesem Abend dort. Nach einigen Tänzen tauchte ein dunkelhaariges Mädchen auf, die Sara hieß und, wie ich später erfuhr, die Tochter wohlhabender Bauern aus der Umgebung war. Sie studierte in einer entfernten Stadt und hatte in diesem Jahr ihr Lehrerinnendiplom erworben. Nach den Prüfungen hatte sie einen Monat am Meer verbracht, im Haus einer Tante mütterlicherseits, und aus diesem Grund war sie später nach Le Torri gekommen als in den Jahren zuvor. Alle hießen sie willkommen und brachten einen Trinkspruch auf sie aus. Sara stellte sich zu Gino und tanzte mehrere Male mit ihm. Sie kannten sich seit ihrer Kindheit und schienen eng befreundet zu sein. Wenn Gino tanzte, tanzte Alba nie, sondern blieb etwas abseits sitzen. Plötzlich stand sie auf und ging entschieden, wie immer auf Absätzen und Zehenspitzen balancierend, auf Gino zu. Ich hatte den Eindruck, daß sie mit ihm sprechen und ihn von Sara trennen wollte. In diesem Augenblick betraten einige Burschen aus einem Nachbardorf die Tenne und baten um Erlaubnis, am Fest teilnehmen zu dürfen. Sie waren sehr unbefangen und forderten immer nur Alba und Sara zum Tanzen auf. Um Mitternacht brachte ein Bauer einen großen gelben Kürbis und legte ihn mitten auf die Tenne. »Los, räumen wir ihn aus«, sagte er. Er hatte eine Kerze in der Hand. »Helft mir ein wenig«, sagte er. Tommaso hörte auf zu spielen, und die tanzenden Paare trennten sich und stellten sich im Kreis um den Bauern und den Kürbis auf. Dem Bauern gelang es jedoch nicht, den Kürbis mit dem Messer aufzustechen, so groß und hart war er. Da holte Gino seine Sichel, und indem er dem Kürbis rundherum heftige Schläge versetzte, gelang es ihm, ihn aufzuschneiden. Alba und Gino knieten sich nieder, gruben unter Aufbietung all ihrer Kräfte die Hände in das gelbe Fruchtfleisch und rissen in mühevoller Arbeit Stränge und Samen heraus. »Einer muß uns helfen«, sagte Alba. Da kniete sich einer der Burschen aus dem Nachbardorf, der oft mit ihr getanzt hatte, neben sie und steckte eine kräftige Hand in den Kürbis. Aus ihrem Lachen und gewissen abrupten Gesten ging hervor, daß seine Finger die von Gino und Alba berührt hatten. Gino wurde der Sache überdrüssig und setzte sich auf die Tenne, wobei er den Kopf auf die Knie legte. Alba und der Junge setzten scherzend und lachend die Arbeit fort. Als der Kürbis leer war, zogen sie die Hände nicht sofort heraus, sondern glätteten den Hohlraum. Vielleicht drückten sie sich auch die Hände, denn Alba schrie auf und lachte. Gino war wieder zu ihr getreten und stieß den anderen Burschen schroff beiseite. Dann bückte er sich und schnitt mit der Sichel Augen und Mund in die Schale des Kürbisses. Der Bauer, der den Kürbis auf die Tenne gebracht hatte, zündete die Kerze an, stellte sie ins Innere des Kürbisses, und bedeckte ihn mit jenem Teil, den er in der Hand gehalten hatte. Der Kürbis beleuchtete die Mitte der Tenne, und Tommaso begann einen Tanz zu spielen. Die Tenne füllte sich mit Paaren, unter denen auch alte Bauern waren, und alle tanzten rund um den Kürbis. Gino forderte Alba zum Tanzen auf, aber sie antwortete, daß sie mit dem Burschen tanzen würde, der ihr geholfen hatte, den Kürbis auszuräumen. Gino packte sie am Arm, aber das Mädchen machte sich mit einer abweisenden Geste frei und ging auf den anderen Burschen zu, der etwas abseits wartete. Die Kerze im Kürbis verlosch. Man hörte einen Schrei und dann fiel ein Eisen zu Boden. Alba griff sich an die Schulter und sagte: »Blut, Blut!« Dann schrie sie: »Gino war es.« Alle umringten sie. Man rief den Arzt, der meinte, die Wunde sei nicht schlimm, und er bat Alba, ihm in seine Praxis zu folgen. Ein Bauer hob die Sichel Ginos auf: Sie war leicht mit Blut verschmiert. Alba sagte zu den anderen, sie sollten weitertanzen, sie würde allein zum Arzt gehen, der ihr die Wunde nähen mußte. Ein Dutzend Burschen, unter anderem auch jener, der mit ihr getanzt hatte, und seine Freunde aus dem Nachbardorf sagten, sie würden Gino suchen, um ihn zu verprügeln und in die Stadt zu den Carabinieri zu bringen. Sie begannen sich zu fragen, wo er sich wohl versteckt haben könnte. Gewiß hatte Gino aus Eifersucht mit der Sichel nach Alba geworfen, weil sie sich weigerte, mit ihm zu tanzen. In der Zwischenzeit wurde die Suche nach dem Täter immer lauter und hektischer. Um sich auszuruhen, kamen einige Burschen und Mädchen zu uns nach Hause, und meine Mutter und meine Tante boten ihnen etwas zu trinken an. Der Mond beleuchtete die Häuser, den Garten, die Straßen und die Tenne. Irgendjemand hatte die Kerze im Kürbis wieder angezündet. Ich hielt mich etwas abseits, entsetzt über die Drohungen, die die Leute brüllten, und über die Stöcke, die manche schwangen. Ich hatte gesehen, was Gino mit dem armen Mädchen unten in der Hütte angestellt hatte, aber das, was die immer aufgebrachter werdende Menge mit ihm zu tun beabsichtigte, wäre noch schrecklicher gewesen. Ich konnte nicht unter den Menschen leben, solange es möglich war, daß sich die einen plötzlich wie wild auf die anderen stürzten. Das Sonnenblumenfeld schluckte weniger Mondlicht als das Haus, die Straße, die Wiesen und die übrigen Pflanzen. Ich allein kannte das Versteck Ginos, aber ich schwieg, obwohl ich ihn verurteilte und Abscheu für ihn empfand und obwohl ich wußte, daß mich die Erinnerung an die Verletzung Albas lange noch verfolgen würde.

Nach einer Woche reisten meine Mutter, meine Tante, meine Cousine und ich von Le Torri ab. Bald würden wieder die Schultage beginnen, die letzten und härtesten, obwohl ich gut vorbereitet war. Die Rückkehr in meine Heimatstadt beruhigte mich, brachte Ordnung in meine Gefühle, rückte die Ereignisse der letzten Zeit, die ich miterlebt hatte, in unendlich weite Ferne. Der Tod, das Schwinden der Gefühle, die Liebe, die Arglist, der Haß, die Rache: Das alles erschien mir nicht mehr als unerläßlicher Bestandteil des menschlichen Lebens. Immer wenn ich Freude verspürte oder Kummer hatte, fiel mir wie eine Mahnung die Börse des jungen Römers ein, die man gefunden hatte, als ich mit dem Großvater, der damals noch lebte, die Ausgrabungen besucht hatte.

Auch die verlorengegangene Liebe zu Rosa, die Liebe zwischen Anna und Luigi, die Verzweiflung Nicolas, der unverständliche Kampf zwischen Gino und Alba hatten mir keine tiefe, unheilbare Wunde zugefügt. Mit jedem Tag wurden meine alten Gefühle schwächer, und jetzt, wo ich wieder voll und ganz mit der Schule beschäftigt war, konnte ich mir sogar ein Urteil über sie bilden. Ich hatte meine Mutter und meine Großmutter sagen hören, daß Frauen schneller altern als Männer, und da Anna ein Jahr älter war als ich, fand ich es richtig, daß sie sich verlobt hatte. Ich würde erst heiraten, wenn ich alt war, denn zuerst mußte ich Arzt werden. Ich dachte mit Belustigung und Ironie an die Taten und an die Gewalttätigkeit meines Cousins zurück, und mit Stolz dachte ich an meine Mutter, die alle Verleumdungen, mit denen man sie verfolgte, Lügen gestraft hatte. Ruhig und fest entschlossen, die Prüfungen zu bestehen, bereitete ich mich vor. Ich mußte sie in der Hauptstadt der Region ablegen, denn das Gymnasium, das ich besuchte, besaß zwar einen guten Ruf, war jedoch keine staatliche Schule. Zehn Tage vor den Prüfungen fuhren meine Mutter und ich in die Hauptstadt, wo wir von einer Familie aufgenommen wurden, die schon lange mit der meinen befreundet war, seit der Zeit, in der der Großvater und die Großmutter das Hotel führten. Die Familie bewohnte ein schönes Haus am Ende einer Allee, in der Nähe eines der ältesten Stadttore. Sie bestand aus dem Vater Antonio, der Mutter Sandra, dem Sohn Mauro, der Tocher Lidia und deren Gatten Federico. Vor vielen Jahren hatte Sandra einen Modesalon geleitet. Alle zwei Monate kam sie in meine Heimatstadt und stellte ihre Modelle im großen Saal des Hotels zur Schau. Manchmal dauerten ihre Modevorführungen mehrere Wochen. Sandra schloß Freundschaft mit meiner Großmutter und vor allem mit meinem Großvater, und nach einigen Besuchen Sandras weigerten sich die beiden sogar, sich die Benutzung des Saales und auch Kost und Logis bezahlen zu lassen. Sandra erinnerte sich mit großer Wärme an meinen Großvater, und sie lachte lange, wenn sie

Anekdoten aus seinem Leben erzählte. Sie erzählte mir, wie sie an einem sehr kalten Winterabend mit meinen Großeltern in der großen und gut geheizten Hotelküche geplaudert hatte, als kurz vor dem Zubettgehen ein Tenor ankam, der zwei Tage später in *Carmen* singen sollte. Der Tenor, der während der Reise nichts gegessen hatte, war durchgefroren und müde. Um sich zu wärmen, trat er an den Herd, in dem noch ein großes Eichenscheit brannte, und dann bat er um eine kochendheiße Suppe. Es gab keine frische Suppe mehr, denn mein Großvater verschenkte jeden Abend, nachdem er die Küche geputzt hatte, die Überreste an die Armen. Also beschloß er, die Suppe aus einem hervorragenden Fleischextrakt zuzubereiten. Er nahm eine neue Schüssel, und die Suppe war bald fertig; der Extrakt war jedoch verdorben gewesen. In der Nacht bekam der Gast heftige Magenschmerzen, Brechreiz und Durchfall, und am Morgen darauf war er heiser. Er trat auf, wurde aber ausgepfiffen. Das Publikum war erstaunt, denn der Tenor war in der Stadt gut bekannt und war bereits mehrmals und mit großem Erfolg in *Carmen* aufgetreten. Niemand konnte ahnen, daß der Großvater unfreiwillig diese Katastrophe verursacht hatte, nicht einmal der Tenor selbst, der die Kälte für sein Mißgeschick verantwortlich machte.

Sandra hieß mich und meine Mutter sehr herzlich willkommen und richtete uns ein großes Zimmer her, an dessen Wänden sich eine himmelblaue Tapete mit goldenen Blumen befand. Auch die Polsterung und der Bettüberwurf waren himmelblau. Mir gegenüber war sie sehr aufmerksam. Antonio betrachtete mich wohlwollend und ermutigte mich zum Lernen, und Mauro hatte immer einen Witz auf den Lippen und führte mich noch am Tag meiner Ankunft in das große Lager seines Textilgroßhandels; er versprach mir, mir ein Stück Stoff für einen Anzug zu schenken, wenn ich die Prüfung bestünde. Am Tag darauf, einem Sonntag, führte er mich, meine Mutter und seine Schwester Lidia auf den Rennplatz, wo wir einem Pferderennen zusahen. In diesen ersten Tagen ließ sich Federico nur am Sonntag beim Essen sehen. Er war ein kräftiger, gedrungener Mann, mit spärlichen roten Haaren und kurzen Händen, seine Art, sich zu setzen, zu sprechen und zu essen war ordinär. Als Obstgroßhändler auf den Hauptmärkten mußte er jeden Morgen um vier Uhr an seinem Arbeitsplatz sein. Er aß auswärts zu Mittag, am Abend aß er sehr früh und legte sich bald zu Bett. Lidia war eine schöne Frau, die um einiges jünger war als ihr Mann, dunkelhaarig und frech, mit runden, hängenden Schultern, rundlichen Armen und einer hohen und kleinen Brust. Zu Hause trug sie ärmellose, ausgeschnittene und kurze Kleider. Jeden Nachmittag verließen wir gemeinsam das Haus, sie, meine Mutter und ich, und wir gingen ins

Kino oder in die Läden in der Innenstadt. Lidia trug eng anliegende Kleider: Ihre Brustwarzen waren groß im Vergleich zu ihrem jugendlichen Busen und drückten sich durch den eng anlie-
genden Stoff durch. Als wir allein waren, sagte meine Mutter zu
mir, daß sie Lidia nie erlaubt hätte, sich so zu kleiden, wenn sie
ihre Tochter gewesen wäre: Mit ihrem kurzen gleichmäßigen
Schritt zog sie die Aufmerksamkeit der Männer auf sich, und
auch die Burschen drehten sich um, um ihr nachzusehen. Lidia
erzählte uns, daß sie mehrmals verlobt gewesen wäre, daß sie den
Männern sehr gefiele, und daß ihr im Kino manchmal jemand
Brust und Schenkel zu betasten versuche, aber davon sage sie nie
etwas ihrem Gatten oder ihrem Bruder, die sie begleiteten, sondern halte sich die Hände, die sich nach ihrem Körper ausstreckten, mit einer langen Nadel fern: Dieses Spiel bereitete ihr großes
Vergnügen. Auch jetzt, wo sie einen Ehering trug, blieben noch
immer junge und alte Männer auf der Straße stehen, um ihr Liebeserklärungen zu machen. Sie beklagte sich über Federico: Er
führte kein Leben, das ihr entsprach, und oft machte er sie zur
Gefangenen seiner Arbeitszeit. Nur am Sonntag war sie frei, aber
da wollte Federico oft seine Frau bei sich im Bett haben. Sie hätte
jedoch lieber ein unbeschwertes und elegantes Leben geführt.

Nach einigen Tagen fuhr meine Mutter ab, unter anderem
auch deshalb, um die Gastfreundschaft unserer Freunde nicht
über Gebühr in Anspruch zu nehmen. Sie würde kurz vor Prü-
fungsschluß zurückkommen. So blieb ich mit Sandra und ihrer
Familie allein. Die Prüfungen begannen, aber da ich gut vorbereitet war, hatte ich keinerlei Schwierigkeiten. Leider würden sie
lange dauern, denn es gab eine Menge Kandidaten, die aus der
ganzen Region gekommen waren. Um neun Uhr morgens ging
ich aus dem Haus und gegen Mittag kam ich zurück. Beim Mittagessen saßen wir an einem runden Tisch. Antonio schwieg, als
wäre er ein unerwünschter Gast in dieser Familie, Sandra sprach
über Gott und die Welt, und oft schwelgte sie in Erinnerungen an
die Zeit, als sie noch den Modesalon führte und im Hotel meines
Großvaters wohnte. Sie behauptete, mein Großvater sei der sym-
pathischste Mensch gewesen, den sie je kennengelernt hätte, und
keiner hätte es so gut wie er verstanden, verschiedenartige und
reichliche Speisen zuzubereiten, so daß sie noch immer einige
Rezepte aufbewahrte. Mauro und Lidia erkundigten sich indessen nach den Prüfungen und forderten mich auf, ihnen zu erzählen, wie ich die Aufgaben gelöst hatte, die man mir stellte, und Lidia warf mir quer über den Tisch einen Kuß zu, wobei sie die
Lippen so spitzte, als würde eine Süßspeise kosten.

Eines Sonntagmorgens verwandelte sich das Haus. Türen
und Fenster wurden aufgerissen und blieben mehr als zwei Stun-

den offen. Bisher kannte ich nur mein Zimmer mit den beiden Messingbetten und der Kommode, das Wohnzimmer, in dem wir aßen, und den kleinen Garten, auf den das Küchenfenster blickte. An diesem Vormittag sah ich zum ersten Mal das Zimmer Antonios und Sandras, in dem ein großer heller Schrank stand, der bis zur Decke reichte, und ein hohes, ungemachtes Bett. Auch das Zimmer von Lidia und Federico stand offen. Federico, der sich gerade gebadet hatte, stand vor dem Spiegel und band sich eine grüne Krawatte mit gelben Punkten um. Ich sah auch einen kleinen Salon, dessen Tapete aus rotem Samt war. Lidia saß auf einem Stuhl und blätterte in einer Zeitung. Sie trug eine Art langes Hemd, das lilafarben war und über den Schultern und der Brust eine breite Spitzenbordüre hatte, durch die man einen Teil des Busens sah. Sie hatte ihren Haarknoten gelöst, und die Haare fielen ihr offen auf die Schultern. Lidia forderte mich auf, mich auf einen anderen kleinen Stuhl zu setzen. Als Federico das Zimmer verließ, umarmte er sie, wobei er ihr Schultern und Brust betastete. Sie lehnte sich dabei an ihn und hielt seinen Kopf, der auf ihrer Schulter ruhte, mit dem Arm fest, und dabei sah sie mich starr an, und ihr Blick war ausdruckslos und eiskalt. Schließlich schloß sie die Augen und ich verließ verlegen den Salon, woran aber eher ihr Blick schuld war als ihre Kleidung und die Umarmung, die sie mit Federico ausgetauscht hatte. Zum Abendessen wurden drei Gänge serviert, drei verschiedene Weine und danach noch ein Dessert und Obst. Antonio und Mauro aßen hastig, den Kopf über den Teller gebeugt. Als wir beim Dessert angekommen waren, schien Federico seinen Hunger gestillt zu haben. Er lächelte zufrieden und blickte um sich, als wunderte er sich, daß wir am selben Tisch saßen. Dann streckte er den Arm aus und steckte die Hand in Lidias Ausschnitt. Sandra machte lachend eine Geste, als würde sie eine Fliege verjagen, und die anderen lachten auch: Und als sie schwiegen, blieb das Lachen Federicos noch lange im Raum stehen. Ich errötete vor Scham. Ich warf Lidia einen verstohlenen Blick zu, sie lächelte gutmütig, und hin und wieder schüttelte sie den Kopf, wobei ihr die Haare bis zum Kinn rutschten. Federico nahm sich eine Handvoll Kirschen und ein paar große Pflaumen aus der Obstschüssel, trocknete sich die Hände mit der Serviette ab, und dann streckte er seine Rechte aus und berührte damit lange Lidias Bauch, und zu mir gewandt sagte er, wobei er mir fest in die Augen blickte: »Du würdest meiner Frau wohl auch gern auf die Brust greifen?« Ich saß neben ihm, zu seiner Linken. Unwillkürlich wollte ich aufstehen, aber Federico packte mich mit seiner plumpen Hand mit den blonden Härchen darauf geschwind am Arm, so heftig, daß ich mich nicht wehren konnte, und zwang mich sitzenzubleiben. Er packte mich am Kinn, hob es empor und bog meinen Kopf nach hinten, so daß ich ihm voll ins Gesicht blickte: »Der kleine Herr wird doch nicht empört sein«, sagte er, und sein Blick war auf einmal drohend geworden. »Wer weiß, wie oft er an die Frauen denkt, womöglich auch an Lidia. Die würde dir wohl gefallen, was? Was hast du vor dem Salon gemacht, dir ihre Titten angesehen, was?« Inzwischen nahm er mit der anderen Hand das Glas und trank. Er sah mich noch immer an, ohne mein Kinn loszulassen, und sagte: »Bist du vielleicht anders als die anderen, ha? In deinem Alter war ich Laufbursche bei einem Obsthändler im Zentrum. Mit einem Freund ging ich in den Keller, und durch einen Spalt, der auf den Gehsteig blickte, haben wir uns die Schenkel der Frauen angesehen, und was dazwischen ist.« Ich begann zu weinen. »Laß ihn in Ruhe, Federico«, sagte Sandra, »offenbar haben sie ihn zu Hause in Watte gepackt, obwohl sein Großvater kein Heiliger war und gerne derbe Sprüche führte.« »Was heißt hier in Watte gepackt«, sagte Federico, »ich nehme ihn mit auf den Markt, da werden ihm die Augen und Ohren schon aufgehen. Heutzutage wissen die Burschen besser Bescheid als der Teufel, und du brauchst keine Angst zu haben, auch der hier weiß Bescheid. Schau lieber einmal, ob seine Laken sauber sind.« Ich weinte noch immer, mit dem Kopf auf dem Tisch. Sie hatten das innerste Räderwerk meines Bewußtseins durcheinandergebracht, ich war wie verändert, fühlte mich schmutzig, unfähig, morgen vor meinen Gefährten und meinen Lehrern zu erscheinen. Mir schien, als wären auf einmal die Schleier zerrissen, die die Taten Ginos, Albas und all meiner sonstigen Bekannten eingehüllt hatten, und die nicht einmal Gino mit seiner Sichel hatte zerstören können. Ich mußte an meine Mutter denken. Die Vorstellung, sie hätte an diesem Sonntag hier sein können, neben mir, und wäre gezwungen gewesen, die Zärtlichkeiten Federicos und Lidias mitanzusehen und seine Worte zu hören, ließ mich noch mehr vor Scham erröten, einer Scham, die sich in Entsetzen verwandelte. Inzwischen weinte ich und zitterte am ganzen Körper. »Du kannst in dein Zimmer gehen. Nach einem schönen Schläfchen fühlst du dich gleich besser«, sagte Sandra. »Außerdem hat der junge Herr keine Manieren. Er benimmt sich, als wäre er bei sich zu Hause. Bevor er aufsteht, muß er sein Dessert und Obst essen. Er steht erst vom Tisch auf, wenn auch wir gehen«, sagte Mauro und riß mir mit einer wütenden Bewegung den Kopf in die Höhe. Ich brachte weder Dessert noch Obst hinunter. Nach dem Stoß, den er mir gegeben hatte, blieb ich unbeweglich am Tisch sitzen und starrte auf die Wand. Alle schwiegen. Schließlich brachte Lidia den Kaffee, den Federico noch ganz heiß trank, und dabei saß er über die Tasse gebeugt und trommelte mit den Fingern auf den Tisch. Ich betrachtete ihn. Sein Körper war schwer geworden und sein Blick trüb. Die Minuten verstrichen ganz langsam. Mit schien, als würde er so lange wie nur möglich sitzenbleiben, um meine Qual zu verlängern. Schließlich erhob er sich und bedeutete Lidia mit der Hand, sie solle ihm folgen. »Gehen wir ins Bett«, sagte er. Schwankend ging er in Richtung Schlafzimmer. Er ließ Lidia vorangehen und schob sie mit der Hand auf ihrem Hintern vor sich her. Bevor er die Tür hinter sich schloß, suchte er mich mit seinem erloschenen Blick und sagte, wobei er mit dem Finger auf mich zeigte: »Dort wo ich jetzt gleich liegen werde, möchtest du wohl auch gern sein.« Sandra kam zu mir und strich mir über den Kopf. »So sind die Männer nun mal«, sagte sie. Gemeinsam mit Antonio verließ auch sie das Zimmer.

Endlich konnte ich auf mein Zimmer flüchten. Ich setzte mich auf einen Stuhl und legte den Kopf aufs Bett. Es war Ende Juli, das Fenster hatte lange offengestanden, und im Zimmer war es sehr heiß. Die letzten Worte Federicos hatten mich wie ein Faustschlag getroffen. Eine vage Unruhe ergriff von mir Besitz, die dann in der Angst vor einem baldigen Wiedersehen mit den Menschen, die mich aufgenommen hatten, vor allem mit Federico und Lidia, konkrete Gestalt annahm. Ich war gezwungen, noch einige Tage in diesem Haus zu bleiben, und dieser Gedanke quälte mich am meisten. Am liebsten hätte ich meiner Mutter geschrieben. Ich fürchtete jedoch, meine Mutter würde aus Dankbarkeit darüber, daß man mir so lange Gastfreundschaft gewährte, meine Gefühle nicht verstehen und sich auf die Seite Federicos und der anderen stellen. Das schwere Essen und die Hitze im Zimmer hatten mir den letzten Rest meiner Widerstandskraft genommen. Ich schlief langsam ein. Nach zwei Stunden wachte ich auf. Inzwischen wurde es mir immer unerklärlicher, warum ich geweint hatte. Die angespannte und getrübte Atmosphäre, die kurz zuvor im Wohnzimmer geherrscht hatte, war verschwunden. Federicos Worte klangen inzwischen nur mehr wie ordinäre Sprüche, wie man sie am Markt hörte, und die Komplizenschaft der anderen war nur eine Art und Weise, sich zu vergnügen. Plötzlich klopfte es an der Tür. Es war Sandra. »Ich möchte dir jemanden vorstellen, der deinen Großvater gut gekannt hat und öfters bei ihm im Hotel gewohnt hat.« Alles war wieder normal und vertraut. Sandra führte mich in den kleinen roten Salon. Ein Mann von der Statur Federicos, der ihm auch etwas ähnlich sah, saß am Tisch. »Das ist mein Neffe Cesare, der Schauspieler, der auch bei dir zu Hause aufgetreten ist«, sagte sie stolz. Der Mann schüttelte mir die Hand und senkte den Kopf.

Als er ihn wieder hob, sah ich, daß er weinte. Er wandte sich wieder an Sandra und führte ein Gespräch fort, das wohl schon vor einiger Zeit begonnen hatte. »Mein Name ist in den Zeitungen erschienen und ist in einen riesigen und widerwärtigen Skandal hineingezogen worden. Die Leute werden nicht glauben, daß ich nichts davon gewußt habe. Und wie konnte sie nur glauben, daß man sie nicht erwischen würde? Zu mir hat sie gesagt, sie fühle sich sicher, weil selbst bekannte Persönlichkeiten ihre Dienste in Anspruch genommen hatten. Und das glaube ich. Aber angesichts einer Toten konnten sie nicht mehr die Augen schließen. Eine Abtreibung, hundert Abtreibungen, hast du verstanden? Ich muß die Schande auf mich nehmen, und sie, die Unglückliche, sitzt im Gefängnis. Ich weiß, wie sie beschaffen ist: Ohne Männer, ohne Luxus, ohne gutes Essen und von allen gehaßt, wird sie bald sterben.« »Da ist dir ein großes Unglück zugestoßen, ich verstehe dich schon. Aber alles geht vorbei. Wenn es in unserem Land wenigstens die Scheidung gäbe!«, sagte Sandra. »Und jetzt wird es auch noch eine Zeitlang dauern, bis ich Arbeit finde«, sagte Cesare. »Wegen des Geldes brauchst du dir keine Sorgen zu machen, wir helfen dir, immerhin bist du unser einziger Verwandter, der einzige, der den Namen der Familie berühmt gemacht und in der Welt verkündet hat, daß es uns gibt. Erinnerst du dich noch, daß dich Lidia heiraten wollte?«, sagte Sandra. Sie blickte sich um, als verfolgte sie einen Gedanken, als suchte sie einen Ausweg. Dann streichelte sie den Kopf des Mannes und sagte: »Für's erste bleibst du zum Abendessen bei uns«.

Draußen wurde es langsam dunkel. Als Antonio nach Hause kam – am Sonntag traf er immer seine Freunde im Café – aßen wir. Federico und Lidia waren nicht da, sie hatten in einem Restaurant im Zentrum gegessen und wollten danach ins Kino gehen. Antonio fragte Cesare, ob alles stimmte, was in den Zeitungen stand. Auf diese Weise erfuhr ich die Geschichte Lenas. Cesare war ein völlig unbedeutender Schauspieler, und so hatte Lena, um etwas dazuzuverdienen, eine Pension eröffnet. Da sie dringend Gäste benötigte, hatte sie Pelotaspieler aufgenommen, einfach jeden, der auftauchte. Sie beschäftigte zwei Stubenmädchen, die wie sie aus dem Veneto stammten, die hübsch waren und bereitwillig mit den Männern ins Bett gingen. Eines Tages war eines der Mädchen schwanger geworden, und Lena selbst hatte an ihr die Abtreibung vorgenommen, denn da ihre Mutter Hebamme gewesen war, war sie mit dem Handwerk vertraut. Da alles glatt ging, half Lena nach diesem ersten Mal auch anderen Mädchen, die ihr die beiden Stubenmädchen nach Hause brachten, bis eine junge Frau verblutet war. Ich war müde, aber immer wenn ich gehen wollte, hielten mich Sandra und Cesare zurück.

Nach Mitternacht kamen Lidia und Federico: Sie waren erhitzt, aber gleichzeitig entspannt und erholt wie nach einem langen Schlaf. Sie sprachen lange über das Unglück, das Lena und Cesare getroffen hatte. Dann gingen alle zu Bett. Am nächsten Tag mußte ich wegen der Prüfungen früh aufstehen, aber ich konnte nicht einschlafen. Mit Entsetzen dachte ich an meine Mutter, die mir wenige Tage vor unserer Abreise gesagt hatte, daß wir in der Pension von Sandras Nichte Lena wohnen würden, wenn uns diese nicht beherbergen konnte. Um diesen Gedanken zu vertreiben und um Schlaf zu finden, nahm ich die lateinische Grammatik zur Hand, aber ich kannte die Regeln bereits auswendig, und ich wußte, daß ich die schriftliche Arbeit bestanden hatte. Ich legte das Buch auf das Tischchen vor dem Fenster und setzte mich nieder. Die Fensterläden ließ ich ein wenig offenstehen, die Nacht war klar und kühl. Ich stand auf und begann, mich neugierig im Zimmer umzusehen. Es gab einen kleinen, antiken Schrank, und als ich ihn öffnete, sah ich, daß er voller Laken und Handtücher war, die mit rosaroten und hellblauen Seidenbändern zusammengebunden waren. Ich schloß den Schrank und ging zur Kommode. Sie war sehr hoch, hatte vier Schubladen, eine Platte aus grünem Marmor und einen großen Spiegel. Ich zog die erste Lade heraus. In einer Ecke lag ein Stapel kleiner Schachteln, und ich öffnete eine davon: Sie enthielt eine Bonbonschachtel aus massivem Silber, mit drei Pralinen darin, zwei weißen und einer, auf die ein Blümchen mit vier Blättern gezeichnet war. Ich nahm sie heraus und aß sie auf, auch die gefärbte. Sie waren alt und die Mandeln schmeckten ranzig. Ich schloß die Dose und dann die Schachtel. Auf der anderen Seite der Lade lagen Büstenhalter aus Atlas, Windeln, Unterhöschen. Ich betrachtete sie einzeln: Es waren hellblaue, rosa, schwarze und weiße darunter, und auf den ersten Blick waren sie zu klein, um Lidia zu gehören, aber ich überzeugte mich schnell vom Gegenteil. Lidia trug oft ein leichtes graues Kleid, das ihre Brust und ihre langen Schenkel durchschimmern ließ. Ich schloß die Lade, aber in der Eile klemmte ich einen Zipfel eines rosa Unterhöschens ein. Wie rasend riß ich noch einmal die Lade auf, ohne die Höschen zu falten und die Wäschestücke in Ordnung zu bringen. Inzwischen hatte ich mich jedoch etwas beruhigt, ich ging ins Bett und schlief ein.

Zwei Tage später stellte Lidia fest, daß ich in der Lade gestöbert, ihre Unterwäsche betrachtet und ihre Pralinen aufgegessen hatte. Als ich von den Prüfungen zurückkam, fand ich Lidia und Sandra in meinem Zimmer vor. Sie hatten die oberste Lade der Kommode geleert und die Wäsche und die Schachteln auf dem Bett ausgebreitet. Sandra stürzte sich auf mich. »Es ist eine

Schande, sich im Haus anderer so zu benehmen, im Haus von Freunden. Das werde ich deiner Mutter erzählen«, sagte sie. Lidia schwieg, sah mich jedoch eindringlich an, als wollte sie mich fragen: »Was hast du heimlich gemacht, was wir nicht feststellen können?« Sie sagte: »Mama, es reicht. Die Wäsche ist sauber. Es fehlt nichts. Was bedeuten schon die drei Pralinen, die ohnehin schon schlecht waren.« »Es geht nicht um die drei Pralinen, die keinen Wert haben. Es geht darum, was sie darstellten«, sagte Sandra. »Und was haben sie dargestellt, nach so vielen Jahren?«, fragte Lidia. »Die Erinnerung an deine Hochzeit. Weißt du nicht, daß es Unglück bringt, wenn man seine Hochzeitspralinen verliert?«, sagte Sandra. »Schau sie dir doch an, meine schöne Ehe«, sagte Lidia. »Bist du etwa nicht zufrieden? Du hast einen Mann, der den Boden küßt, über den du gehst, der nur dich, die Arbeit und sein Heim im Sinn hat. Wen wolltest du denn heiraten? Einen Studierten? Einen Taugenichts, so wie es dieser junge Herr einmal sein wird?«, sagte Sandra. Und ihr Gesicht war verzerrt. »Mama, übertreib nicht. Wegen der drei Pralinen. Er hat ja nichts gestohlen. Er hat nicht einmal alle Schachteln geöffnet«, sagte Lidia. »Und in deiner Wäsche wühlen, sie beschnüffeln? Allein die Pralinen zu essen, ist schon eine Art Sakrileg. Du wirst sehen, auch dir wird ein Unglück zustoßen wie Lena«, sagte Sandra. »Er hat keine Schuld an unserem Unglück«, sagte Lidia. »Lena ist im Gefängnis und trägt unseren Namen«, sagte Sandra und begann die Wäsche zurück an ihren Platz zu legen, wobei sie sie mit der Hand glattstrich. Plötzlich ging Sandra, und Lidia setzte ihre Arbeit fort. Ich stand neben dem Fenster, schweigend, von Scham überwältigt. Je wertloser mir die drei Pralinen erschienen, desto mehr hatte ich das Gefühl, den Menschen, die mich bei sich aufgenommen hatten und an die ich in jenem furchtbaren Moment nicht gedacht hatte, eine nicht wieder gutzumachende Kränkung zugefügt zu haben. Ich wollte mich entschuldigen, aber ich spürte, daß ich zu weinen beginnen würde, wenn ich auch nur ein Wort sagte. Als Lidia fertig war, trat sie neben mich und nahm mein Gesicht in ihre Hände. »Es war eine Dummheit. Nimm es dir nicht zu Herzen. Du weißt ja, wie alte Menschen sind. Sie sind abergläubisch. Ich glaube an nichts, ich gehe nicht einmal in die Kirche. Ich werde dafür sorgen, daß meine Mutter keine tragischen Szenen mehr macht und daß sie den Männern nichts davon sagt. Und außerdem gibt es ja nicht viel zu erzählen«, sagte sie. Ich spürte, wie sich ihr schwerer Körper gegen meine Brust lehnte. Sie lachte. »Diese verdammten Pralinen haben wohl sehr schlecht geschmeckt«, sagte sie, und ich verstand, daß sie mich zum Sprechen bringen, mich von meiner Spannung erlösen wollte. Sie streichelte mich und ging aus dem

Zimmer. In diesem Augenblick ging das Haustor auf und fiel wieder ins Schloß: Es waren Antonio und Mauro. Nach einer Weile rief mich Lidia zum Mittagessen. Ich fand nicht den Mut, ins Wohnzimmer hinunterzugehen, aber Lidia legte mir eine Hand auf die Schulter und schob mich leicht vor sich her. »Los, keiner weiß etwas. Solche Dummheiten vergißt man sofort. Auch meine Mutter wird nichts verraten«, sagte sie. Das Essen verlief wie gewöhnlich, fast schweigend. Sandra sah mich scheel an. Lidia indessen forderte mich auf zu essen, damit ich der Hitze und den Mühen der Prüfungen besser standhielt.

Am Nachmittag ging ich in die Schule zurück, um die Geschichts- und Geographieprüfungen abzulegen. Auf dem Heimweg trödelte ich auf den Straßen und Alleen. Ich hatte Angst, Federico zu treffen: Ich hielt es für ausgeschlossen, daß die bösen Worte Sandras kein Nachspiel haben sollten. Ich ging schneller, um so bald wie nur möglich vor mein Gericht zu treten. Ich dachte: »Überlegt gut und in Ruhe, bevor ihr mich verurteilt«, gleichzeitig war mir jedoch bewußt, daß ich diese Worte nie würde aussprechen können. Federico und die anderen waren im Wohnzimmer und warteten auf das Abendessen. Federico musterte mich mit ernsthaftem Blick. Nach der Suppe begannen sie wie vereinbart über Cesare und Lena zu sprechen. Sandra fragte, ob sie nicht Cesare bei sich aufnehmen sollten, sobald ich abgereist wäre, er war allein, die Pension war geschlossen, er hatte keine Putzfrau und vielleicht auch kein Geld, denn zumindest im Augenblick war er bei keiner Schauspieltruppe engagiert. Antonio und Mauro sagten, darüber müsse man lange nachdenken, denn Cesare sei der einzige Verwandte, den sie hatten. Lidia befürwortete lebhaft Sandras Vorschlag. Sie sagte, es sei geradezu eine Pflicht, Cesare aufzunehmen und ihm jene Zuneigung zu schenken, derer er jetzt gewiß dringend bedurfte, wo Lena im Gefängnis war. Federico widersprach ihr jedoch heftig. »Recht geschieht Cesare. Er hätte diese Frau nicht heiraten dürfen, die sich aufführt wie eine Puffmutter. Wir haben alle unseren Spaß an gewissen Vergnügungen, und das ist dann der Preis dafür«, sagte er. Lidia antwortete ihm, die Herren im Haus seien Sandra und Antonio, und sie würden tun, was ihnen beliebte. »Du möchtest immer einen Mann um dich herum haben. Genau das möchtest du«, sagte Federico und schlug mit der Faust auf den Tisch. »Wenn Cesare auch nur einen Fuß in dieses Haus setzt, gehe ich«, fügte er hinzu. Das Abendessen war beendet, und ich stand auf, aber Federico hielt mich mit dem Blick fest. »Was dich anbelangt, du Schlingel, versuch ja nie wieder, in der Wäsche meiner Frau herumzuschnüffeln, sonst versohle ich dir den Hintern wie einem verzogenen Kind und werfe dich hinaus«, schrie er. Lidia sah er-

staunt ihre Mutter an, und Sandra schloß zum Zeichen ihrer Zustimmung die Augen, eiskalt. Lidia begann zu weinen. »Hör auf,
mit deinen Tränen kannst du mich nicht umstimmen. Von uns
beiden treffe noch immer ich die Entscheidungen«, sagte Federico. Lidia sprang auf und lief in ihr Zimmer. Zu Sandra gewandt
sagte Federico ruhig, aber entschieden: »Über Cesare und den
Rest wird nicht mehr gesprochen.« Kaum hatten sich alle vom
Tisch erhoben, lief ich in den Garten. Ich war ziemlich ruhig. In
zwei Tagen würden die Prüfungen vorbei sein, und ich konnte
nach Hause zurückkehren. Es war sehr heiß. Zwei hohe Wollmis-
peln schützten den Garten vor dem Mondlicht. Ich setzte mich
auf eine Bank an der Einfriedungsmauer. Ich streckte mich auf
der Bank aus. Nach einer Weile tauchte Lidia auf. Sie trug das ei-
genartige Kleid, das sie immer am Sonntagmorgen im Haus
trug, mit dem Spitzeneinsatz über Schultern und Brust. Sie bat
mich, ihr Platz zu machen, und setzte sich neben mich. Dann
legte sie mir einen Arm um die Schulter. »Meine Mutter ist eine
Idiotin. Die Sache mit den Pralinen geht ihr nicht aus dem
Kopf«, sagte sie. Dann begann sie zu schluchzen und lehnte sich
dabei immer mehr an mich. »Ich hätte nicht so einen ordinären
Mann wie Federico heiraten sollen. Ich war in einen anderen ver-
liebt, in einen, der studiert hatte, der so war wie du, wenn du einmal erwachsen sein wirst. Sie haben mich fast gezwungen, ihn zu
heiraten, denn zu dem anderen hatten sie kein Vertrauen«, sagte
sie. Sie drückte sich noch heftiger an mich. Ich spürte ihren nackten Körper unter dem leichten Stoff. Sie nahm eine meiner
Hände und legte sie auf ihre Brust. Ich atmete ängstlich und
fürchtete, Federico könne uns überraschen, wie wir so umarmt
dasaßen. Als würde sie meine Gedanken erraten, sagte Lidia:
»Keine Angst, zu dieser Zeit liegt mein Mann im Bett und schläft
bereits.« »Verzeih mir«, fügte sie hinzu. »Auch ich muß jemandem mein Herz ausschütten, jetzt, wo Lena nicht mehr da ist.«
Ich stellte mir eine geheimnisvolle, grausame Beziehung zwischen Lidia und Lena vor, und vor mir klaffte plötzlich ein Ab-
grund. Ich sprang auf, lief in mein Zimmer und ließ Lidia allein
im Garten sitzen. Oben trat ich ans Fenster, und lange noch hörte
ich die Schritte der Frau auf dem Kies, einmal nahe, einmal weiter entfernt. In dieser Nacht konnte ich nicht schlafen. Ich hätte
Lena gern gesehen, zumindest einmal. Am Tag darauf kam
meine Mutter an. Mauro war aus geschäftlichen Gründen in eine
weit entfernte Stadt gefahren. Obwohl mich alle mit Kälte be-
handelten, erwähnte niemand meiner Mutter gegenüber die Pralinen und Lidias Unterwäsche.

Sandra und Federico schienen alles vergessen zu haben, Sandra lud sogar meine Mutter ein, noch ein paar Tage bei ihnen zu

bleiben. Wir verabschiedeten uns jedoch und fuhren ab. Meine Mutter sagte, es sei unsere Pflicht, uns auch von Mauro zu verabschieden, der von seiner Geschäftsreise zurückgekehrt war und sich gerade in seinem Laden aufhielt, der an der Straße zum Bahnhof lag. Wir ließen uns von einer Kutsche hinbringen. Ich war ruhig, inzwischen hatte ich das Haus Sandras, Antonios, Federicos und Lidias sowie die geheimnisvolle Anwesenheit Lenas hinter mir gelassen. Meine Mutter sagte zum Kutscher, er solle auf uns warten. Wir stiegen aus und betraten einen großen Raum voller Stoffballen. Mauro lehnte an einem Ladentisch. Er umarmte meine Mutter. Die Hand, die ich ihm entgegenstreckte, nahm er jedoch nicht. »Er hat bei den Prüfungen gut abgeschnitten. Vielleicht täusche ich mich, aber mir scheint, als sei er in diesen Tagen auch körperlich gewachsen«, sagte meine Mutter. »Unkraut verdirbt nicht«, sagte Mauro scharf. »Hat man Ihnen erzählt, was dieser Schmutzfink bei mir zu Hause angestellt hat?« Ich spürte, wie ich rot wurde. Meine ungerechten und unerbittlichen Verfolger ließen also noch immer nicht von mir ab. Ich umarmte meine Mutter und begann zu weinen. Ich weinte wegen meiner Unschuld, die ich verloren zu haben glaubte, wegen der Mauer aus Kälte und Ablehnung, die die Familie Sandras mir gegenüber errichtet hatte, und wegen dem, was nun mit mir geschehen würde. Meine Mutter stieß mich von sich und musterte mich mit Abscheu, von oben bis unten. Auf dem Tisch lag eine große Schere. Ich streckte die Hand aus, um sie zu packen: Ich wollte mich auf Mauro stürzen, aber er kam mir zuvor. Er reichte meiner Mutter die Hand und sagte mit spöttischem Tonfall: »Gehen Sie nun, Signora, lassen Sie die Kutsche nicht zulange warten.«

LESEN SIE WEITER:

LUIGI MENEGHELLO
Kleine Meister Roman

Ein unpathetischer und zärtlicher Episodenroman über die kleinen Meister im täglichen Chaos des Nachkriegsitalien, zwischen Widerstand und Neubeginn.

Aus dem Italienischen von Marianne Schneider
Quartbuch. Schwarzes Leinen. 270 Seiten

GIANNI CELATI
Der wahre Schein
Vier lange Geschichten

Eines schönen Tages haben die Hauptpersonen dieser langen Geschichten genug davon, nicht zu wissen, wer sie sind und nicht wirklich das zu sein, als was sie erscheinen.

Aus dem Italienischen von Marianne Schneider
Quartheft 162. 160 Seiten

RAFAEL CHIRBES
Mimoun Roman

Ein nicht mehr ganz junger Mann kommt mit der vagen Absicht nach Marokko, nun dort ein Buch zu Ende zu schreiben. Er läßt sich in Mimoun nieder, einem Nest am Abhang des Atlasgebirges. Dort verstrickt er sich bald in ein Netz von Beziehungen, dessen Personen von unsichtbarer Hand bewegt scheinen.

Aus dem Spanischen von Elke Wehr
Quartheft 174. Englische Broschur. 96 Seiten

PIER PAOLO PASOLINI
Ragazzi di vita Roman

Zum erstenmal in deutscher Übersetzung: Pasolinis von Kirche und Justiz geächtetes Meisterwerk. Ein Schlüsselroman zum Verständnis von Leben und Werk des großen Regisseurs.

Aus dem Italienischen von Moshe Kahn
Quartbuch. Schwarzes Leinen. 240 Seiten